夢想
SOMNIUM

倉石清志
Opus Majus

〈理性〉に依拠しながら、それでいて〈想像〉を軽んじることなく、
　その知性の真価を発揮することに努める夢追い人に捧げる

この作品は想像物語(フィクション)である
そもそも、現実世界は大きな想像物語(フィクション)である

夢　想

SOMNIUM

登場人物

オタカル
将来、仕立屋になることを夢見る少年
豊かな想像力によって〈マジェンカ〉の世界を作り出す
夢想の世界と現実を行き来している

エリシュカ
アロイス橋の操り人形師
黒猫レンカと一緒に暮らしている
彼女の人形劇は思索的な内容が多い

ヴラチスラフ
夢想の世界〈マジェンカ〉の気球操縦士
通称〈飛行の魔術師〉
老年だが、オタカルの大親友

ペトル・ハシェック
アロイス橋の手回し自動演奏器(オルガン)弾きの老人

カレル・ソボトカ
アロイス橋の周辺を巡回する警官
エリシュカの同級生

1

人生は夢

ならば、夢想のままに

2

　少年は想像することに夢中になった。
　少年は夢想によって理想に近づいていく。

3

　一人の少年が道を歩いている。彼の名前はオタカル。十二歳、六年生である。
　六月の終わり。オタカルにとっては夏休み前の時期。今は夕方。日差しの強い季節だが、その時刻となれば少し肌寒かった。
　夏の太陽に熱せられた古い石畳が一息ついている。石畳が孤愁(こしゅう)の少年に優しく放熱する。少年は日盛(ひざか)りの情熱を浴び続けた道の古豪(こごう)の力に勇気づけられた。
　絵に描いたような鮮やかな夕焼けが、自身の壮麗(そうれい)さを主張する。夕焼けが憂愁(ゆうしゅう)の少年を優しく包み込む。少年は赤く染まった空の美しい表現に癒された。
　オタカルは、この世界にしっかり頷いてみせた。
「……世界は夢想している。だから僕も夢想している。僕は《全ては一つ》の世界を愛する」

4

　オタカルの住む町、とりわけその中心部は観光地として発展している。その歴史は長く、中世の時代から多くの観光客が国外からも訪れていた。

　この町では大きな川が流れている。その川は市街中心部を緩やかに蛇行しながら縦断している。〈エステル川〉と呼ばれている。今、その川は夕日に照らされてきらきらと輝いていた。

　エステル川には、いくつもの石橋が架けられている。そのなかで最も古く、最も大きな橋は〈アロイス橋〉と呼ばれている。この橋も観光客に大人気の場所であった。

　アロイス橋では、絵師、写真屋、氷菓子屋(アイスクリーム)などの露店が確認できる。またそこでは大道芸、たとえば、演奏芸、無言芸(パントマイム)、彫像芸、手品芸、曲芸、風船芸、操り人形芸などが盛んにおこなわれている。

そうした大道芸の大半も石橋とともに長く続いている。橋の上の大道芸人たちは、自分たちの仕事が長い歴史をもっていることに誇りを感じていた。

5

　アロイス橋の中央付近の隅に、一人の若い女人形師がいた。彼女の名前はエリシュカ。

　この町の操り人形師の多くは、人形作りから劇の物語・脚本まで全てを自分一人でこなしている。彼女もそうであった。

　観光客で賑わう夕方。エリシュカは、淡々と操り人形劇の準備をしていた。彼女は無愛想であった。立ち止まる多くの観光客がそのように感じたことだろう。

　だが、エリシュカは別に不機嫌というわけではなかった。それに、彼女は他の橋の上の大道芸人たちと同様、この仕事に愛情と誇りをもっていた。

6

　エリシュカの人形劇がはじまった。
　簡素な木箱舞台の隣に立てかけられた小さな三脚型の黒板。それには白墨(チョーク)で次の表題が書かれていた。

『迷い人』

物語・脚本　　　エリシュカ

人形・美術　　　エリシュカ

人形服　　　　　エリシュカ

登場人物

迷い人（エリシュカ操作）

山の小人ヤロミール（エリシュカ操作）

語り手（エリシュカ）

　背景画は、緑に覆われた山。

　下手から、迷い人が登場。

　(迷い人ゆえに) 道に迷った雰囲気。

　迷い人、舞台の中央に移動。

［語り］

　昔あるところに、一人の領主の息子がいた。彼は親の目を盗んでは近辺の丘や森などで狐(きつね)狩りに興じていた。

　ある日のこと、彼は父親の領土のなかで三番目に高い山に挑戦することにした。彼には一番高い山に行く度胸がなかったからだ。

　そういうわけで、彼は猟犬と共に三番目に高い山に行き、狐(きつね)を探したのであった。ところが、狐(きつね)どころか一羽の兎(うさぎ)すらいなかった。しかたなく城に戻ろうとしたが、なんと帰り道がわからなくなってしまった。しかも猟犬は、主人を置き去りにしてさっさと帰ってしまった。

　下手から、山の小人ヤロミールが登場。

　山の小人、楽しい雰囲気。

[語り]

　迷い人が不安にかられていたところ、山の小人が彼のもとにやってきた。その小人はヤロミールと名乗った。

　山の小人は、高貴な家柄の迷い人に、自分の愚痴を聞いて欲しいとお願いした。聞いてくれるなら、一緒に下山してあげよう、と。迷い人はしぶしぶ承諾した。

　山の小人、舞台の中央に移動。

山の小人　素晴らしい！　素晴らしいですぞ！　ですが、山では全てが平等です。あなたさまが、いくら健やかにお育ちになられた未来の領主さまであっても。私からすれば、あなたさまはただの迷い人。そして、私は山の者。ですから、私は決して特別扱いはいたしません。なにとぞ、そのおつもりで。

　迷い人は頷いた（あまり納得していない様子）。

山の小人　あなたさまは、この程度の山で迷子になるような痴愚者ですけれども、私の愚痴を聞けば、さらにおつむが弱くなるかもしれませんぞ。

　山の小人、下品な笑い声を立てる。
　迷い人、少し不安になり、後ずさりする。

山の小人　冗談でございます。まあ、山に入り、山で迷い、不安と恐怖に駆られるなど、実に山の理(ことわり)を知っていないことの証。それについては本気で率直に申し上げることはできます。あなたさまのおつむは、何のためにあるのでしょう？　あなたさまがお持ちのそのけったいな銃の使い方だけでしょうか？

　迷い人、いらいらしている様子。

山の小人　おやおや。短気はさらなる迷いを生むものですよ。そのお気持ちのままにことをなすなら、あなたさまの道は閉ざされるでしょう。

迷い人、話を続けてくれと手振りする。

山の小人　では、あなたさまの寛容さに甘えるといたしましょう。私の愚痴とはこういうことです。すなわち、自然界の最上位に君臨している、と錯覚したことから生じる人間の傲慢(ごうまん)な冒涜心によって、自然は人間に利用されるべき資源や娯楽事として扱われる破目になりました。自然は人間的価値に利用されるだけの対象となったのです。私はこのことにたいへん不満なのです。

迷い人、困惑する。話の内容を理解できないために。

山の小人　憐れなことに、山の迷い人が頭の中でも迷っておられるようですが、私は構わず次の愚痴を申し上げます。あなたさまの領土の民たち、つまり大衆は自然の理(ことわり)に不知です。誤解のないように申し上げますが、私は別に大衆を侮辱しているわけではありません。私は山の従者。ただの山の妖精なのですから……。しかし残念ながら、大衆の多くが真理に対して不知であることは事実。不知の大衆は、移り気つまり恒常性なき

浅薄な刺激を渇求し続けます。不知の大衆は、熱望するために徘徊しています。不知の大衆が、この悪習による惨状を自戒し、時間が貴重なものだと知ったなら、彼らは有効に時間を使用するでしょうか？　おそらく無理です。彼らにとって時間は貴重であることよりも、快楽、他者への批判、不満の発散などが勝るでしょうから。不知の大衆は、自己の悪性を改善することに努めるよりも、悪性の通念にそって自身の悪性を正当化することに躍起になります。ああ、山の麓（ふもと）を見下ろせば、溢れんばかりの不知者の愚行……。

迷い人は、もう終わったか、という仕草をする。

山の小人　ええ、気がすみました。私の愚痴は終わりです。とにかく、自然は常にその理（ことわり）を正しく理解し、愛する者を歓迎するものでございます。ではでは、森羅万象の理（ことわり）から遠い迷い人よ、あなたさまがいるべき粗末で小さな領土への帰り道をご案内させていただきます。ささっ、こちらでございます。

山の小人、迷い人を連れて上手から退場。

―終幕―

7

　エリシュカの人形劇『迷い人』が終演した。観光客らしき大人の男女、それに女の子がエリシュカの人形劇を観ていた。おそらく親子であろう。

　母親と娘は、エリシュカに拍手した。その拍手は、人形劇に感動したからおくったものではない。エリシュカにはそのことがわかっていた。

　父親の方は、彼の脚衣の衣嚢(ポケット)から数枚の小銭を取り出した。そして、エリシュカが足元に置いている赤い花柄模様の錻力(ブリキ)箱にそれをいれた。そのあと、三人は仲良く去っていった。

「ねえ、お父さん。あの人形劇のお姉ちゃん、哀しそうだったね」

8

　エリシュカの今日の人形劇は続く。
　同じく、簡素な舞台の隣にある小さな三脚型の黒板。それには白墨(チョーク)で次の表題が書かれていた。

『思い出の断片』

物語・脚本　　　エリシュカ

人形・美術　　　エリシュカ

人形服　　　　　エリシュカ

登場人物

女の子（エリシュカ操作）

　背景画は家の中。中央に大きな窓がある。
　下手から、おかっぱ(ボブカット)の女の子が登場。どことなく、エリシュカ本人に似ている。

　女の子、舞台の中央に移動。
　女の子、窓から外を眺めながらこう語った。

女の子　この町のイルサ森林公園。そこに住む針鼠(ハリネズミ)たち。その愛くるしい姿は、それぞれ微妙に異なっていた。私の楽しみの一つ、針鼠(ハリネズミ)探し……。友達と一緒にその公園に行って、針鼠(ハリネズミ)を見つけては追いかけっこをしていた。針鼠(ハリネズミ)を両手でつかまえて、その小さな顔に接吻(せっぷん)する。そしてすぐに公園に放す、この繰り返し……。

　女の子、軽やかに手足を動かす（ゆっくり舞うように）。
　それからこう語った。

女の子　私はよく父と母を困らせていた。私が悪戯(いたずら)っ子だったから。学校帰りの多くは、悪戯することに心を奪われた。花屋の商品のなかに、私がついさっき摘んできた花をこっそり紛らわせたり、それから氷菓子(アイスクリーム)の売店にそっと近づき、その店の小窓を指で弾いて逃げるや売り子のおばさんに怒られたりした……。父と母はそんな悪戯が過ぎる私に尋ねた。将来、私の夢であ

る大道芸人になり、その仕事をしているとき、どこかの悪戯っ子が何か悪戯をしてきたらどうするのか、と。私は答えた、「芸人として、商売の邪魔をするその子に怒る真似はするわ。けれど、その子を昔の私みたいだと思ってあたたかく見守るわ、きっと」と。父と母は笑顔で、「ではそうしなさい」と言った。不思議とそれ以来、私は悪戯を止めた……。

女の子は天を仰ぐような仕草をした。

女の子　ある日、父は私にこう言った。「心の宝をもつ者は選ばれている。お前は楽しく自身の宝を磨き続けなさい。だがそれには質素でなければならない。宝は慎ましさによってより輝くのだから。そして、全てに感謝をもって接しなさい」と。……遠い昔の父の言葉。

―終幕―

『思い出の断片』の上演が終わる。

観客は一人もいなかった。

9

この世界は直観的に奏でられる世界。
けれど、私は「孤立」を通して、
この世界を奏でるだけ……

10

　夕方のアロイス橋。

　オタカルがその歴史ある石橋を渡っていた。賑わう観光客たちをかき分けて進んでいると、手回し自動演奏器(オルガン)の演奏が聞こえてきた。オタカルはその曲の方に近づいていった。

　数十人の観光客が美しい旋律(メロディ)に耳を傾けている。一人の老人が手回し自動演奏器(オルガン)を陽気に弾いていた。オタカルはしばらく老人の演奏を楽しんだ。

　演奏が終わると、観光客たちは手回し自動演奏器(オルガン)の前の石畳に置かれた古びた紳士帽子(シルクハット)のなかに、次々と小銭をいれていった。

　手回し自動演奏器(オルガン)弾きは、楽器の曲を入れ替え終えた。その老人はオタカルのことに気づいた。彼は少年に優しい笑顔を向け、目交ぜ(ウインク)する。

「こんにちは、ペトルさん」
「こんにちは、オタカル。今日の良いことは何かな?」
「ええ、毎日良いことなんてないよ!」
「そんなことないだろう。どんな日でも、必ず小さな良いものがある。たとえ悪い日でも、お前が夢を追っているかぎり、お前の心は豊かだ。お前の心は潤（うるお）っている。だから、お前はどんな日でも、喜びという恵みとともに心から良いものを探すことができるんだよ」
「うん、僕は毎日、仕立屋になることを夢見てるよ。僕は僕の夢を忘れたことがない。それを再確認できたことが今日の良いことかな」
「素晴らしいことだ。お前の夢はお前が信じるかぎり、存在し続ける。お前の夢は、お前を導いてくれる。あせることなく、楽しく色々なことを学びなさい。学びは、お前の夢をより大きく、確かなものにするのだから」
「わかった、ペトルさんのように頑張るよ」
「なに!? 私のように、だって?」
「ペトルさんは、手回し自動演奏器（オルガン）弾きの夢が叶ったんだよね?」
「そうとも」

「子供のころから手回し自動演奏器(オルガン)が好きで、手回し自動演奏器(オルガン)弾きになることを夢見た？」

「……それはどうかな。……いや、お前には正直に言うべきだろう。子供のころは、手回し自動演奏器(オルガン)弾きになりたいとは思わなかった。若いころの私は、他の仕事を選び、しばらくその仕事を続けていたよ。ただ、子供のころから何かの楽器を弾いたり、作曲したりすることは好きだったがね」

「今でも音楽が好きだから、ペトルさんは幸せだね」

「うむ」

「ペトルさんの今の夢は、可能なかぎり毎日、手回し自動演奏器(オルガン)を弾くことかな？」

「そうだな。うむ、死ぬまで弾き続けるさ」

「だから僕は、ペトルさんのように頑張るよ！」

「……世界にはこの町の石畳のように、一つとして同じ模様(モザイク)は存在しない。お前もかけがえのない存在だ。オタカルよ、お前はお前のなすべきことをなせるように」

11

　同時刻のアロイス橋。

　これから、エリシュカが人形劇を上演する。観客は誰もいない。

　舞台の隣にある小さな三脚型の黒板。それには白墨(チョーク)で次の表題が書かれていた。

『理性と純化』

物語・脚本　　　エリシュカ

人形・美術　　　エリシュカ

人形服　　　　　エリシュカ

登場人物
知的な梟(ふくろう)（エリシュカ操作）

背景は真黒な布。

舞台の中央に木の枝がある。

その枝に、弓型襟締(ボウタイ)をつけ、眼鏡をかけた一羽の梟(ふくろう)がとまっている。

知的な梟(ふくろう) 　私は知恵の女神の僕(しもべ)。先日、私のもとに一枚の葉が舞い降りました。それには我が主(あるじ)を愛する民による一質問が書かれておりました。我が主の名誉にかけて、真摯に、簡潔に答えてみたいと思います。まず、理性における〈純化〉の目的の一つは、情念の不純性の完全なる除去にあります。しかしながら、理性の思惟(しい)作用によって負の情念を完璧に抑制することは困難です。いまだ多くの民は自身の理性を最大限に活用することができない、という事実がこのことを証明しています。奥深き理性の活用に不慣れな者は、情念の純化作用が˙あ˙る˙一˙定˙（あ˙る˙程˙度˙）の調整だけで留まってい˙ま˙す˙。多くは、その表層の状態・段階を理性の作用の限界または真価だと錯覚しております。もちろん、それは大きな誤りです。理性は普遍的に挑戦する知性。だからもっと、私たちは永遠無限なるものに……。

12

　エリシュカは、人形劇『理性と純化』の上演中である。ところが、一人の若い警官がそのことを気にせず、彼女に声をかけてきた。
「よう、エリシュカ。相変わらず辛気臭い劇だな」
「カレル、上演中よ！　話しかけないでくれる！　あなた、いつもそうよ！」
　エリシュカは、カレルと呼ばれる警官によって『理性と純化』を中断させられた。
　カレルは財布から一枚の紙幣を取り出し、エリシュカの錻力箱(ブリキ)にいれた。
「そう怒るなよ。これでもお前のことを心配してんだぜ」
「そうですか、それはどうも！」

　エリシュカがこの橋で人形劇をはじめて二年が経った。以前は駅前で上演していた。そのころの彼女にとって、アロイス橋で人形劇を上演することは夢であった。

　いや、エリシュカだけではない。この国の大道芸人は、少なくとも一度はこの橋の上で表現することに強く憧れるだろう。しかしながら、この歴史ある橋で表現活動(パフォーマンス)をするには、厳しい審査を通過しなければならなかった。

　その意味では、エリシュカがカレルと知り合えたのは幸運なことだった。エリシュカと同級生だったカレルは、昔から彼女が操り人形師を目指していることを知っていた。やがて父親の跡を継いで警官となったカレルは、アロイス橋での表現活動(パフォーマンス)の許可に一役買ったのだ。

　あとになって、エリシュカはそのことを市の職員から知った。自分がこの橋での公演許可が得られたのは、嫌味たらしいカレル・ソボトカの口利きが大きく影響していたことを。

　カレルとしては、その事実をエリシュカに言うつもりはなかった。そして彼は今でも、エリシュカがその事実を知っているとは夢にも思わなかった。

　とにかく、エリシュカは内心では、カレルにとても感謝しているのだ。

　カレルは自分の顎をさすりながら、こう言った。
「相変わらず、元気なさそうだな」
「あなたが私の仕事を邪魔するからよ」
「お前にはないことだと思うが、創作や表現から充実感が得られなくなる時期もあるだろう。でもな……」
　エリシュカは、カレルの言葉を遮った。
「その状態が続くようなら、私は創作家、表現者として終わりね」
「そうでないと？　いつか心から楽しめる日が来ると？」
「そう思わなければ、今あなたと話をしてないわ、カレル」

13

知的な梟(ふくろう)　理性は普遍的に挑戦する知性。だからもっと、私たちは永遠無限なるものに意識を向けるべきでしょう。私たちは永遠無限なる神秘に挑むべきでしょう。確かに、人間は完全な知性を備えていません。でも人間は自身の知性を最低段階から最高段階へと発展させることができます。人間は知性を発展・向上させることで、つまり理性の性能・純度を高めることで、永遠無限なる諸真理ならびに真理本体を妥当に認識することができるのです。この純化はまぎれもない事実ではないでしょうか、我が主(あるじ)の賢明な民である諸君よ！

エリシュカの『理性と純化』の再公演の観客は、二人の大学生らしき男女だけであった。二人は恋人同士のようで、手をつないだまま、エリシュカの鉄力箱(ブリキ)に小銭をいれた。エリシュカが軽く会釈すると、二人は仲良く立ち去っていった。

14

　エリシュカは小休止していた。彼女はエステル川の雄大な流れと悠々とした雲を眺めていた。

　十分ほど経って、エリシュカは次の上演の準備に取りかかろうとすると、一人の少年が歩いていることに気づいた。いつもの〈夕方の少年〉だ。哀しげな表情に、不思議な雰囲気の少年……。

　その少年は、エリシュカのいる側(そば)を歩いている。彼はおかっぱ(ボブカット)の若くて美しい女人形師の視線に気づいた。少し照れながら、その人形師に会釈した。

　エリシュカは少年に微笑んで見せた。こうしたささやかなやり取りが、二人にはよくあった。

　少年は一つの日課を無事に終えたかのように、赤く染まった風景を堪能しながら歩いていった。

15

　辺りは薄暗くなっていた。一人の少年が並木道の歩道を歩いている。オタカルである。彼以外の歩行者は見当たらない。街灯がオタカルを優しく学校へ導いているかのようだ。

　大通りの両側には、この町を象徴する赤い屋根の家々が連なっている。家々から漂う夕食の匂い。それぞれの家庭が腕によりをかけた手料理の香りが、空腹のオタカルを刺激する。

　オタカルの背嚢(リュックサック)には、挟焼捏(サンドイッチ)がはいっている。だがそれは明日の昼食用であった。だから今食べるわけにはいかない。空腹に耐え、少年は独り学校に向かう。

　ところで、人間は世界の理(ことわり)を知らぬがゆえに孤独を恐れる。子供はなおさらそうであろう。突然、世界であることを担わされる初々しき有限存在としての子供は、自身が世界で唯一無二の「現在軸」であることを認識するや、圧倒され、戸惑うものである。

　だが、オタカルは違った。彼は自分が「世界の一部」であることを、それなりに受け入れていた。断念や虚無からその事実を受け入れているのではない。そのことを素晴らしいこととして前向きにとらえていた。

　そんなオタカルであっても、やはりまだ子供である。夕方になると、生きる淋しさを強く感じることもあった。たいていそんなときは、家族の誰かから優しく慰めてもらったり、抱擁(ほうよう)してもらったりするのだろう。

　しかし、彼を優しく慰めたり、抱擁したりする身内はいなかった。オタカルの親子関係は破綻していた。それでも、彼の心はどん底に落ちていなかった。なぜなら、彼には二つの夢があったからだ。

　オタカルの二つの夢は、彼の新芽のごとき人生に希望を与え続けた。夢の一つは将来、仕立屋になること。もう一つは、「自分だけの世界」であった。

　その世界はオタカルの秘密の世界であった。そこは、彼によって想像された世界である。彼が夢想する世界、その名は〈マジェンカ〉。

　オタカルは今からマジェンカに行く。大好きな仕事をするために、大好きな親友に会うために。
「さあ、僕の世界へ……」

16

夢見る少年は、今日も夜道を歩く。

少年は歩きながら夢想する、

自分だけの世界を……

17

　オタカルはマジェンカの世界に集中する……。

　いまや少年の意識は、別の世界にあった。突如、少年の視界は雲に覆われていた！　それもそのはず、今日のマジェンカの入口は大空なのだから！

　オタカルは、マジェンカの大空を飛んでいる。いや、落下している、と言った方が正確なのだろう。とにかく、彼は落下傘(パラシュート)を持っていなかったが、その状況を心から堪能していた。

　すると一機の熱気球が、マジェンカの広大な緑の大地に勢いよく落ちていくオタカルの小さな体を、救助隊(レスキュー)の衝撃吸収装置(エアバッグ)のように確保したではないか！

　球皮の上部でうつぶせになっていたオタカルは、素早く起き上がった。それから、町の建物が小さく見えるほど高いところにいるにもかかわらず、球皮綱(クラウンロープ)を使い、軽々と乗船籠(ゴンドラ)の方に移動した。

　そこに一人の老人がいた。彼はマジェンカの気球操縦士ヴラチスラフである。彼の通称は〈飛行の魔術師〉であった。その名は決して誇張したものではなかった。彼の操縦技術は、「凄腕」などという安易な言葉におさまらない。彼のそれは常軌を逸していた。
　ヴラチスラフの気球はいつでも安全に、たとえば朝夕の凪以外でも、激しい雨、雪、霧などのときでも好きなところへ飛び、好きなところに降りることができるのだ。
　これまでオタカルがこの世界に訪れたときは、ほとんどその気球操縦士と再会している。ヴラチスラフは、オタカルにとって心の支えなのであった。

　ヴラチスラフは、オタカルに笑顔を向けた。
「我が友、オタカルよ！　会えて嬉しいぞ。今日はお前の大好きな空からの登場かね？」
「そうだよ、今日はそんな気分だったんだ」
「気分か。気分に流されるのは好きかね？」
「うん、悪くないよ。でも、ヴラチスラフはそれが悪いと言っているように聞こえるよ」

「人間は感情の生き物だ。人間は理性を素晴らしいものだとみなしながらも、感情に流される生き物だ。その意味では正しい、お前が気分に流されるのは。だが気分は変化しやすいもの。お前の長い人生で、そんな変化しやすい繊細なものに多くのことを任せることができるか?」

「それはまだわからないね」

「気分は良いときもあれば、悪いときもある。気分に身をおくならば、気分は心の主を操ろうとするだろう。お前は良いときと同じように、悪いときも気分に流されていくのだろうか?」

「悪い気分には流されたくないよ。僕はいつもマジェンカのことを考えると良い気分になる。だから僕はこの世界に遊びに来るんだよ。ヴラチスラフは、僕がマジェンカに来なくなったら淋しいでしょう?」

「うむ、淋しいに違いない。もちろん、私は良い気分によって、マジェンカに来ることは否定しない。だが悪い気分に影響されない普遍の心によって、マジェンカに遊びに来ることがこれから重要になるだろう」

「普遍?」

「そのうち、わかるだろう。お前が生きる現実の世界だけでなく、このマジェンカの世界にも決して変わらない永遠の価値があることを」
「うん」
「では、この晴天を満喫しながら、お前を店まで送るとしよう」
「ありがとう、ヴラチスラフ！」

18

　自由な気球に乗って、好きな場所へ。
　国境、習慣、風習、偏見などお構いなし。
　「限定」から抜け出し、自由に生きよう、
　　〈飛行の魔術師〉のように。
　ヴラチスラフは、マジェンカの気球操縦士。
　行けぬところなど、どこにもない。
　ヴラチスラフは、自由そのもの。

19

　〈飛行の魔術師〉の熱気球は、オタカルの店の近くの空き地に、回転翼機(ヘリコプター)のように垂直着陸した。
　オタカルが気球の乗船籠(ゴンドラ)から降りた。ヴラチスラフもそれに続く。
　ヴラチスラフは籠(バスケット)を持っている。なかには、黒麦焼捏(ライ麦パン)、塩豚肉(ハム)、乾酪(チーズ)、それに葡萄酒(ワイン)が入っていた。
　ヴラチスラフは、オタカルに黒麦焼捏(ライ麦パン)と乾酪(チーズ)をちぎって渡す。それから、彼は腰鞄から小刀(ナイフ)を取り出した。それで塩豚肉を切る。そしてオタカルに、その切った部分を渡した。
　オタカルは、塩豚肉(ハム)と乾酪(チーズ)を焼捏(パン)に挟んで食べた。ヴラチスラフは、それぞれの食材の味をそれぞれ別で楽しんだ。
　いつものように、オタカルが先に食べ終えた。ヴラチスラフは広い空き地の小さな自然を眺めながら、葡萄酒(ワイン)を味わっていた。

「もう少し飲んでから、行くよ」
　オタカルは頷いたあと、自分の店に向かった。

　空き地の草々がそよいでいる。ヴラチスラフは目を閉じ、風と草による合唱を堪能していた。
「……世界には全く同じものが存在しない。世界では、全く同じ出来事が起こることはない。世界では、たとえ同じ曲を同じように歌っても、それは全く別のもの。万物は絶えず完全に流転する。なんと素晴らしき世界か！」

20

　広い意味で、仕立屋は「創作家」である。
　本性的な創作家は、知的な旅をする。
　その創作家は、〈観念の遍歴者〉である。
その生もまた大いなる自然の小さな欠片に過ぎない。
　されど、その小片にも宇宙の諸原理が宿っている。
本性的な仕立屋は、宇宙原理の〈針〉を用いて裁縫する。

21

　マジェンカでのオタカルは、すでに仕立屋であった。マジェンカの最も大きな都市の一等地で、彼は仕立屋を営んでいた。この町の人々の大半は、オタカルのことを知っている。この町で最も年少でありながら、最も腕の良い仕立屋として。

　さて先日、オタカルは新しい背広一式(スーツ)を作ったばかりだ。その作品は実に洗練された形である。それは流行に閉じ込められることなく、未来永劫、見るものに高い品位を感じさせるに違いない。

　彼の新作を褒め称えるかのように、たくさんの鳥がさえずっている。オタカルは店の窓の外額縁にとまっている鳥たちを眺めながら、「今日はお客が来ないようだ」、とつぶやいた。

　小さな仕立屋は、小粋な流行歌(ポップス)が流れている無線放送機(ラジオ)を消した。鳥のさえずりを聴きながら、背広一式(スーツ)の完成度をゆっくり時間をかけて確認した。しばらくすると、店に立ち寄った鳥たちは飛び立っていった。

　オタカルは、作業台や脇机(サイドテーブル)、作業棚、商品棚などをきれいに拭くことにした。そのあと、彼の仕事道具、たとえば、裁ち鋏(ばさみ)（大鋏や小鋏）、紙用鋏、握り鋏、無数の針、様々な種類の縫糸や蝋引き糸、指貫、小刀(ナイフ)、目打ち、大中小の木べら、縫目付け歯車(ステッチルレット)、分割測定具(ディバイダ)、巻尺(メジャー)、定規、白墨(チョーク)、裁縫機械(ミシン)、服整鉄具(アイロン)、胴体人形(トルソー)、重し、衣類掛け(ハンガー)、様々な種類の釦(ボタン)などをきれいに拭いていった。

　彼はこのマジェンカで客と話をすることも好きだったし、こうやって店で独りのんびり過ごすことも好きだった。彼は独りでいる時間も愛していた。だから孤独は、彼の味方であった。オタカルは、孤独の核心を正しく知ろうとしていた。だから孤独は、その真っ直ぐな少年から虚名へのほとばしる野心を遠ざけた。

22

真の創作家は知っている、
孤独が創作家を愛することを。

23

　しばらくして、ヴラチスラフがオタカルの店に入ってきた。
「……うむ。さては、来客なし、だったかな？」
「孤独が来たよ」
「ほう、それは上客だったな！　その方から学ぶべきことは多い。オタカルよ、しっかりと学ぶことだ」
「うん。孤独とは知的な自己意識のことだよね？　つまり、僕自身が永遠に展開する世界の一つの軸であることを知的に意識することだよね？」
「そのとおりだ、我が友よ！」

24

夢想の世界にもそれはあった、孤独が。

孤独と戯れる者は知っている。

孤独が「寂しさ」の意味でないことを。

それが情念またはその作用でないことを。

孤独とは、知性による自己意識。

流れる世界における「私」なる現在軸の自己意識。

25

　現実の世界。夜道。

　夢想しながら歴史ある石畳を歩いている少年がいた。オタカルである。赤い屋根の家々がその少年を囲んでいる。大通りの並木の白樺(シラカバ)の葉が揺れている。それぞれの葉が、オタカルにその存在を主張しているかのようだ。両端に立ち並ぶ街灯の淡い光が、少年を見守っている。一人夜道を歩く少年にとって、たとえ僅かな光であっても、それは頼もしい存在である。

　オタカルはマジェンカを堪能していたが、ひとまずその夢想の世界から出てきた。学校に着いたからだ。

　夜になって登校する理由がオタカルにはあった。学校の敷地内にある用務小屋で寝るためだ。

　その小屋は煉瓦で建てられた一部屋だけのものである。用務小屋は学校裏の森の中にあった。今は夏休み期間のため用務員も休みであったが、開校時期はここの用務業には夜勤がなかったし、また、用務員は必ず正午出勤で

あったため、オタカルは朝の授業がはじまる直前まで眠ることができた。

　今は七月。夏休み中の学校の森では、桜桃（さくらんぼ）、林檎（りんご）、酸桃（すもも）、胡桃（くるみ）などが実をつけている。また、樅（もみ）や橅（ブナ）などの木々が緑の葉を茂らせていた。
　森の恵みに囲まれた用務小屋のなかの棚には、様々な道具がある。掃除道具類、大工道具類、工事道具類など。
　部屋の中央には古い長椅子（ソファ）があり、これこそがオタカルにとっての寝台（ベッド）であった。
　さて、なぜオタカルが用務小屋の鍵をもっているかといえば、彼の父親が十五年前にこの学校の用務業を臨時で手伝っていたことに関係する。ようするに、父親が鍵を返すことを忘れたからである。小屋の合鍵は、彼の父親の部屋の机の引き出しに入れたままであった。
　十五年前といえば、もちろんオタカルはまだ生まれていない。だから後に父親からその話を聞いたのだろう。とにかく、彼の父親が使っていた鍵を、今その息子が無断で使っているのである。

　オタカルは鍵を開けて小屋に入る。大きなあくびをしながら、背囊(リュックサック)から色あせた茶色の毛布(ブランケット)を取り出した。そして長椅子(ソファ)で横になり、毛布に包まる。するとすぐに夢の中へ誘われた……。

26

数日後。夕方のアロイス橋。

エリシュカは、今日の人形劇を上演する。

観客は一人。難しい顔をしているいかにも文学青年。

舞台の隣にある小さな三脚型の黒板には、白墨(チョーク)で次の表題が書かれていた。

『望まれざる「創案は力なり」の時代』

物語・脚本　　エリシュカ

人形・美術　　エリシュカ

人形服　　　　エリシュカ

登場人物

老人（エリシュカ操作）

背景は真黒な布。

　舞台の中央には机と椅子がある。机の上には葉巻と灰皿が置かれている。
　深刻な表情を浮かべた老人が椅子に座っている。
　その老人は、ゆっくりと語りはじめた。

老人　今後、露骨な「創案は力なり」の時代が到来するかもしれません。すなわち〈創案主義〉の時代が。自律的個性の独自の創案力が直ちに生存力となり、他律的個性は劣敗者として自律的個性に隷従し続ける時代が……。

　老人は机にある葉巻を手にとる。

老人　私が言う「自律的個性」とは、自律的創造性の精神を有する独自的存在のことです。それは広義の意味をもつものですから、したがって、必ずしも「人間」だけを指しているのではありません。そう、例えばそれは、自律的創造性の精神を有する人間によってそうした人間と同等の知能、意識を与えられた自動人形であるかもしれません……。

　老人は机にある葉巻を口に咥える（仕草をする）。

老人　それはともかくとして、次に「他律的個性」とは、自律的創造性の精神に依存することでしか存在できえない非独自的存在のことです。

　老人は葉巻をふかす（仕草をする）。

老人　さて、露骨な「創案は力なり」の時代では、自律的個性と他律的個性の格差の状態がほとんど固定化されてしまいます。自律的個性による〈積極的・肯定的・独自的〉な創造力は活発です。反対に、他律的個性の創造力は不活発です。他律的個性は、自律的個性の存在なくしては存在することができません。他律的個性は、自律した創案力と構想力、そしてその企画を実現するための活動力に盲目的に依存しています。そのため、彼らの創造力は貧弱な状態が継続されます。その状態では、自律的個性への〈消極的・否定的・非独自的〉な依存力を不本意ながらに強めることになります。それゆえ、他律的個性は置かれた環境から脱すること

が極めて困難となるのです。このまま〈消極性・否定性・非独自性〉が拡大し続ければ、創案力による顕著な格差の時代が到来するのではないか、という懸念を私は拭い切れないのです……。

老人はもう一度、葉巻をふかす（仕草をする）。

老人　自律的個性は、自己の活発な〈積極性・肯定性・独自性〉に準じて〈消極的・否定的・非独自的〉適性環境を良しとしません。ゆえに、彼らは自身により完全に適した環境にするために、または自身の個的創案をより完全に実現させるために〈積極的・肯定的・自律的〉適性環境で〈積極的・肯定的・自律的〉に努力するでしょう。自律的個性は、自身の〈積極的・肯定的・独自的〉な創案力からなる構想・企画、形成の活動に直結した優勢性を随意的に維持するでしょう。とはいえ、彼らはその状態に甘んじることなく、自身のより高次の創造的な目標に向けて自身を磨き続けます。そう、彼らは自身が滅びるまで、より理想に近づけるために彼ら独自の創案力を向上・進化させ続けるのです。

　　老人は葉巻を机の上の灰皿に置く（仕草をする）。

老人　他方、他律的個性には独自に自己を改善する力などほとんどありません。他律的個性は自身の依存対象である自律的個性の活動に対して、常に〈消極的・否定的・非独自的〉な不満を感じております。場合によっては、自律的個性の活動を〈消極的・否定的・非独自的〉に妨害しようとします。しかしながら、他律的個性が生かされている領域は、自律的個性が支配した創造的機構であるため、非力な創造力である他律的個性が革命を起こすことは不可能に近いでしょう……。ああ、自律的個性と他律的個性との顕著な格差！　その格差はほとんど固定化されてしまうのです！　自律的個性は、〈積極的・肯定的・自律的〉適性環境で、一生を〈独自の者〉として生きることでしょう。反対に、他律的個性は、自律的個性が支配する非創造的下層部分で、換言すれば、自律的個性によって徹底管理された〈積極的・肯定的・自律的〉適性環境内における劣敗的領域としてあてがわれた〈消極的・否定的・非独自的〉適性環境で、一生を〈独自に乏しき者〉として生きることでしょう。

けれども、私はそうならないよう心から願います。創造的活動の本性は普遍です。一部の独自性に秀でた者だけでなく、その活動を愛する全ての者たちに向けて、創造の理想は輝き続けているのですから……。

―終幕―

27

　エリシュカによる『望まれざる「創案は力なり」の時代』が終演した。

　結局、観客は一人だけであった。その唯一の観客である青年は、険しい表情を崩さず、エリシュカにゆっくりと拍手を送った。

　それから背広の内衣嚢(ポケット)から、一冊の新書代に値する紙幣を取り出し、それをエリシュカの錻力(ブリキ)箱にいれた。

　エリシュカは会釈したが、その青年はそれに反応することなく立ち去っていった。

28

　同時刻。迷路のような細く奥深き石畳の路地を備えた町。無数の創作家たちが想像の証を残した町。多くの観光客がそれぞれの趣向で、この町の古き時代から今に至るまでの創作家たちの表現を堪能していた。

　この町の川のほとりで、子供たちが無数の白鳥と戯れている。客人ならぬ客鳥たちを歓迎するエステル川。その川の寛大さに甘えるかのように架かったアロイス橋。

　一人の少年がその橋のたもとに着いた。そこには二人の若い男女が、籠(バスケット)に入った紅玉(ルビー)のような西洋酸塊(グースベリー)を仲良く食べ合っていた。

　少年がその恋人たちの横を通る。すると、二人は驚いた。女がその少年に何か言おうとしたが、男が「やめておけ」と身振りして、それを阻止した。二人は橋を渡りはじめた少年に、憐憫(れんびん)の目を向け続けた。

　すでに夕刻であったが、アロイス橋はまだ観光客たちで賑わっている。少年が幸せそうな観光客たちをかき分けて橋を渡っている。
　その少年は人を探していた。手回し自動演奏器(オルガン)弾きを。だが残念ながら、今日はいないようだった。少年は下を向いたまま、橋を歩いていった……。

29

　アロイス橋。そこでは今日も大道芸人たちが、各々の自慢の技を披露している。昔のある詩人は、この橋について次のように語った。
「ここは〔人生もまた表現である〕ことを再認させる場所だ」と。そのように謳われた古の橋は、数百年前から変わらず、表現者たちの独自の生きた証を記憶しているに違いない。

　一人の女人形師が、次の人形劇の上演の準備をしていた。エリシュカである。彼女は突然、作業を止めた。いつもの少年、そう〈夕方の少年〉が近くを歩いていたからだ。今日はあきらかに落ち込んでいる様子である。
　少年はエリシュカの視線に気づき、会釈をした。エリシュカはとても驚いた。少年の顔に大きな痣があったのだ。ひどく腫れている。
「こんばんは……」
「……こんばんは、お姉ちゃん」

　エリシュカは少年から反応があったことが嬉しかった。
「ねえ、あなた。よくこの時間に通っているわね。私はほとんど毎日、この場所で人形劇をやっているのよ。だからあなたのことを知ってるわ」
「僕もお姉ちゃんのことを知ってるよ。なんか哀しい感じの人形劇を上演してるよね」
「哀しい、か。ふふ。私としては、人生を素直に表現しているつもりなんだけどね。そんなことより、あなたに一つ尋ねたいことがあるわ」
　少年は頷いた。
「いったいどうしたの、その顔の痣は？」
「……さっき、転んだんだよ……」
「……そう。それなら、これからは気をつけてね」
「うん……」
「……でも、もしあなたがその痣のことを正直に話してくれるなら、私たちは友達になれるはずよ」
「本当に転んだだけだよ。心配してくれてありがとう」
「わかったわ。最後に一言だけ。もしあなたが心を開いてくれたなら、新しい世界が始まるかもしれないわ」
「新しい世界……」

　少年はしばらく無言であった。

　エリシュカは少年の言葉を待った。

「……うん。お姉ちゃんに、本当のことを話すよ」

「ありがとう、私を信用してくれて！　それから私のことをエリシュカと呼んで。私たちはもう友達になったのだから」

「わかった、エリシュカ。僕はオタカル」

　オタカルの顔に痣ができたのは、彼の父親に殴られたからであった。オタカルの父親は、日雇いの塗料屋(ペンキ)で、重度の飲酒依存症である。毎日昼過ぎには、酩酊(めいてい)状態であった。オタカルは、自宅で父親に会わないようにいつも気をつけていた。父親と遭遇すれば、必ず暴力を振るわれるからだ。

　父親が息子を殴るのに、特に理由はなかった。もしあるとすれば、それは日頃の仕事の鬱憤(うっぷん)を晴らす程度のことだろう。いずれにせよ、オタカルには何の罪もない。

　オタカルは学校から戻ると、薄菓子(ウエハース)と檸檬果汁水(レモネード)を流しこむ。そして、急いで散湯(シャワー)を浴びて家を出る。オタカルにとって、自宅に戻っている時間がいちばんの恐怖で

あった。

　たとえ学校が夏休み期間であっても、冬休み期間であっても、オタカルが夕方に学校に行く理由は、こうした家庭内問題にあったのだ。

　オタカルの父親は、この町で評判が悪かった。酒のこともあるが、やはり息子への酷い仕打ちのせいである。

　学校の同級生は、今日のようにあきらかに殴られた痕があれば、オタカルに「またやられたな」、「大丈夫か？」などと声をかけてくれた。

　担任の先生は、やはり今日のような殴られた痕があれば、オタカルの家に電話をしてくれる。だが父親は、一応昼間は働いており、夜は泥酔状態になっている。そのため、どの時間帯も話にならなかった。

　ではオタカルの母親というと、彼女は娼婦で、夫が家に帰るころにはすでに出勤していた。昼は自室で眠ることに集中している。そのため、やはり話にならなかった。

　母親は夫と息子に無関心であった。とはいえ、それでも一応毎日、夫と息子に塩豚肉(ハム)と乾酪(チーズ)の挟焼捏(サンドイッチ)を作っていた。また、息子だけには市販の薄菓子(ウエハース)と檸檬果汁水(レモネード)を食卓に用意していた。それぐらいの優しさはあるようだ。

「……かわいそうな子……」
「エリシュカも何だかかわいそうに見えるよ」
「じゃあ、〈似た者〉ということかしら？」

　二人が話をしていると、一人の警官が近づいてきた。
「カレル！　いいところに来たわ。オタカルを紹介するわ」
「こんにちは、ソボトカさん」
　すでにオタカルとカレルは面識があった。
「……お前、今日もずいぶんとやられたな」
「うん……」
「そんなのんきなこと言ってないで、助けてあげてよ！　あなた一応、警官なんでしょう!?」
「落ち着け、エリシュカ。そりゃあ、俺だってなんとかしてやりたいさ。正直、こいつの親父を独房に放り込んでやりたいぜ！」
　その言葉に、オタカルは無言であった。
「なあ、エリシュカ。俺は何度もこいつの家に行ったことがあるんだ。だがな、こいつの親父は俺が行くと絶対に家から出てこねぇんだ。今の法律じゃ、簡単に家に踏み込むことができねぇんだよ！」

　エリシュカは無言になった。
　カレルは、オタカルにこう言った。
「急がねぇと暗くなるぜ。橋の向こうまで送ってやるから、ほら行くぞ」
「ありがとう、ソボトカさん。それとエリシュカ。今日は親切にしてくれてありがとう。とても嬉しかった」
「あなたとお話ができてよかったわ、オタカル。また明日ね」
　オタカルはエリシュカと別れて、カレルの後をついていった。

　オタカルは橋の床に一枚の肖像写真(ポートレート)が落ちているのを見つけた。この国の偉人の一人が写っている。写真の裏には、次の言葉が刻まれていた。
「《真実は勝つ》か……」
「ん？　ああ、その通りだ、オタカル。たとえ今でなくとも、いつか必ずな」
　オタカルは夕日に染まった空を見上げながら、心の中でこうつぶやいた。
「僕は夢を追い続ける。僕は想像して人生を切り開く！」

30

孤独を知る者は夢を追う、生きる目的を見出したために。
孤独を知る者は夢で成長する、価値で溢れているために。
孤独を知る者は夢を表現する、現実を夢にするために。

31

　夜の通学路。オタカルはすでにアロイス橋を越えて、学校に続く大通りを歩いていた。

　今歩いている並木道では、山鳴らしや栃の木などの鮮やかな葉がそれぞれ小躍りしている。薄暗くてもそのことがよくわかった。

　街道の左右の酒場や食堂から様々な笑い声が聞こえてきた。それを追いかけるかのように、美味しそうな匂いが漂ってくる。オタカルの腹の虫が鳴いた。

　オタカルは、正面の視界に映るものだけに意識を集中させる。斜め向かいの本屋がまだ営業していた。その店の出入口の淡い照明と陳列窓に並べられた色鮮やかな絵本が、少年の空腹を一瞬だけまぎらわせてくれた。

「そろそろ時間だ。マジェンカに行かないと。先日、僕は素晴らしい教えを授かったんだ。僕はある人のおかげで大きく成長することができた。今日はその新しい友人と再会する日なんだ！　さあ、僕の世界に！」

32

　オタカルはマジェンカを想像した。するとすぐに、その世界が鮮明にあらわれはじめた。この想像による具象化は、夢想の世界が創造主オタカルを心から歓迎するかのように躍動的になされた。さっそく、少年の意識はマジェンカに進入する……。

「うわっ！」
　少年の視界は暗闇に包まれていた。それもそのはず、今日のマジェンカの入口は、どこかの木の樹洞の中だったからだ。オタカルはいつまでもここにいても仕方がないと判断し、さっさと木の穴から出てきた。
　肌寒く感じる。現実の世界と同じぐらいの気温だ。けれども、マジェンカでは朝方のようであった。オタカルは周囲を見回す。どうやら、広葉樹に覆われた森の中にいるようだ。オタカルは直感的に、ここが心地よい場所だと理解した。

　事実、数羽の鳥と兎がまったく警戒することなく、その少年に近づいてきたではないか。オタカルの口元がゆるむや、森に新鮮な風が勢いよく通る。周囲の空気が躍り上がると、青々とした緑の葉々が誰かを待望するかのように揺れた。

　オタカルは頭上を見上げた。森の上の雲の動きが唐突に変わった。先ほどまで散らばっていた雲が瞬く間に集結し、一つとなった。そしてすぐに、一つの大きな雲の中央に輪揚菓子（ドーナツ）のような穴があいた！　しかしそれだけでは終わらない。雲の輪から一機の熱気球が出現したのだ！

　オタカルはその気球を知っている。いつも新品のように新しい気球を。それは親友ヴラチスラフのものだ。

　オタカルは、風の流れが気球に合わせはじめたように感じた。〈飛行の魔術師〉は、この森の木々に接触しないように注意しながら、オタカルがいる少し開けた場所に速やかに正確に下降してきた。

「常識では計れない飛行技術だね。毎回あなたの技術には心から感動するばかりだよ、ヴラチスラフ」

「常識？ そんなものが果たしてこの世界に存在するだろうか、我が心の友よ。だが褒めてくれてありがとう。お前の裁縫技術に対して、私は同じ言葉をお返しするよ」
「今日も僕の店まで送ってくれるの？」
「当然だ、そのために来たのだから。さあ行こう。今日もお前にとっては素敵な日となるだろう」

　気球はオタカルを乗せると、一瞬で上昇した。

　ヴラチスラフはいつも同じ服を着ていた。ところが、彼の航空服、航空外衣（フライト・ジャケット）、航空帽、航空手袋、航空靴、航空眼鏡（ゴーグル）などは、彼の気球と同じく、いつも新品のように新しかった。
　オタカルはそのことを不思議に思うと同時に、一生好きな服を着て生きていけることの羨ましさも感じていた。
　〈飛行の魔術師〉は、自分をじっと見つめる少年に目交ぜ（ウインク）した。
「できる男は、常にこだわるものさ」

33

真剣に、好きなものにこだわり続ける。
だから、愛されるものは朽ちることから遠ざかる。

34

　オタカルの店の近くの空き地。
　〈飛行の魔術師〉の熱気球が到着した。オタカルが乗船籠(ゴンドラ)から降りた。すると、気球はすぐに上昇しはじめた。
「えっ？　もう行っちゃうの、ヴラチスラフ!?」
　気球操縦士は、真下から見上げている少年に大声で答えた。
「うむ、今日は先約があるんだ！」
「残念だよ。あなたと話すことが、僕の楽しみなのに」
「ありがとう、オタカル。私もお前との会話が楽しみさ。とても生きがいを感じる。お前と私は〈似た者〉なのだ」
「僕もそう思うよ。ところで、今日は誰と会うの？」
「この国の大統領さ」
「なんだって!?」
　ヴラチスラフは、オタカルに目交(ウインク)ぜして去っていった。

　〈飛行の魔術師〉の気球が見えなくなると、オタカルは自分の店に入っていった。

　開店のために最初にすることは、予定帳を確認することなのだが、今日はそれをしなかった。オタカルは、今日を特別な日として記憶していたからだ。

　数週間前、ハルカーニ出身の旅人がこの店に訪れ、旅用の外衣(コート)を注文した。今日は、その客が完成した服を取りに来る日であった。

35

　数週間前のオタカルの店。午前、一人の男が店に入ってきた。身なりからして、旅行者であろうか。
「やあ、ごきげんよう。君がこの町で最年少の仕立屋オタカルさんかね？ とても腕がいいと、町では評判のようだが」
「さて、それはいかがでしょう。ですが、この仕事への愛情を強くもっていることだけは自覚しております」
「ふむ、謙遜(けんそん)を心得ていらっしゃるようだ。だが、私にそうしたものは無用だ。私はただの旅人なのだから」
　オタカルは頷いてみせた。

　旅人はオタカルに用件を伝えた。それとは、外衣(コート)の仕立ての依頼であった。
　オタカルは快く注文に応じる。彼はその旅人に、どのような外衣(コート)がよいか尋ねた。

「旅に適したものを。長旅でも耐えうる素材であることはもちろんだがね。私は自由な旅人。自由な人生に反するような印象のものは、絶対に着たくはないな」
「自由に反する……。ええ、確かに。窮屈な人生を心象する服は、あなたに相応しくありませんね」
「ありがとう、オタカルさん。君は若いながらも一般的な知識を備えているようにお見受けする。そうしたものは、書物から得たのだろうか？」
「おそらく、そうだと思います。本は大好きです」
「なるほど、私も書物は好きだ。それから学んだことは少なくない。だがそれ以上に、私、いや私たちは、旅によって、それも自由な旅によって、人生で重要なものを多く学ぶことができるんだ」
「人生で重要なもの……」

　旅人は頷き、話を続けた。

「君は仕立屋として、創造的生活を誠実に送っているご様子。僭越ながら、私も自由な旅を通じて創造的生活を送っている。旅そのものが、私の創造的表現なのだ。おわかりになっていただけるだろうか？」

　小さな仕立屋は少し考えたあと、旅人にこう返事した。
「ええ、わかりますとも。快適な、誠実な、自由な旅をすることで、人間だけでなく、自然、そう、たとえば、草、木、花、動物、鳥、虫、魚、風、雨、雪などとも良好な関係を築くことができます。あなたは森羅万象を心から愛でていることでしょう。その愛は普遍です。あなたは普遍の善意によって、他のものと関係を結び、その関係を展開させているのでしょう。普遍の精神をもつあなただからこそ、見知らぬ土地で何か新しいものに触れたり、感じたり、知ったり、考えたりすること、それ自体が創造的な行為となるのです。善い関係を築き、善い関係を育む行為それ自体が普遍の表現となるのです……。ああ、なんて素晴らしい創造的表現なんだ！　新しい善い刺激に影響されたものは、他のものに新しい善い刺激を影響させます。そうやって世界は本性的に、無限に善く関係しながら展開しています。あなたは、あなたの本性に即して、つまり自由に各地を旅することで、創造的に表現しているのです！」

旅人は感極まっている。言葉にできない様子だったが、旅人はようやく口を開くことができた。
「オタカルさん、私はようやく君と出会えたのだ！　これまでの私の旅は長いものだった。だがようやく、真理の断片をもつ〈似た者〉に出会えたのだ！　私は真友を、君を探していたのだ！」

36

　創造の旅は、真理を想起させる。

　創造の旅は、真理と関係させる。

　創造の旅は、真理と合一させる。

37

　それから数時間が経過した。オタカルと旅人は全面的に信頼し合っていた。旅人の話では、彼の外衣(コート)が完成するまで、町外れの川のほとりで天幕(テント)を張るようだ。

　旅人が店を出ようとしたとき、若き主人にこう言った。「私は常に〈心の解放〉に努めている。君と私は似ている。おそらく君も〈心の解放〉に努めているのだろう。でも君の心にはまだ現実が、現実の常識が手かせ、足かせとなっているように思える。人間は自由。人間は本来的には自由な存在なんだ。君の心の自由を縛る鎖を外せるのは他の誰でもない、君だけだ。真なる〈心の解放〉を試みてほしい。オタカルさん、君ならそれができるはずだ。君はその時期にきたのだ。違うかい？」

　オタカルは何も答えなかった。旅人は少年に頷いてみせた。そして店を出た。オタカルは玄関で、自由な旅人の背中をいつまでも見ていた。

　オタカルの頭上の孤独な白雲が自由に流れていく。〈雲と構想の行方〉はいまだつかめず……。

38

　オタカルの店。今日は旅人が注文した外衣(コート)を取りに来る日。
　オタカルは旅人との再会を待望していた。彼は自信をもっていた、素晴らしいものを作ったことに。
　店の扉が開いた。入ってきたのは、オタカルの新しい友となった旅人であった！
「やあ、オタカルさん。昨夜は興奮して、ほとんど眠れませんでした。さあ、見せてください！　私と旅する新たな相棒を！　普遍の友の手で作られた愛すべき外衣(コート)を！」
「はい、すぐにお持ちいたします！」

　オタカルは、奥の保管室から旅人の外衣(コート)を取り出して戻ってきた。その外衣(コート)は、上品な灰黄色で、長旅にも耐えられる丈夫なものであった。
「おお、実に私に相応しい雰囲気だ！」
「まず、これを着てみてください。話はそれからです」

　旅人は外衣(コート)を着てみた。
「ふむ、私のためにある、まさにそんな着心地だ！」
「実はその外衣(コート)には、秘められた力があるのです。あなたはその外衣(コート)に心から〈光れ〉、と念じてみてください」
「……よくわからんが、そのようにしてみよう」
　旅人は外衣(コート)に「光れ！」と命令した。すると、外衣(コート)が光り輝きだした！
「なんということだ！　これは⁉」
「その光があれば、あなたは迷うことなく夜道を歩くことができるでしょう」
「素晴らしい！」
「ですが、その光の力はあなただけのもの。他の人があなたの外衣(コート)を着て、〈光れ！〉と念じても、その力を引き出すことはできません」
「なるほど。……しかしこの能力はいったい⁉」
「あれから、私なりに〈心の解放〉について熟考いたしました。その結果、私はこの世界ではある能力をもっていることに気づいたのです。その能力とは、この世界のあらゆるものを素材にして服を作ることなんです」
「この世界のあらゆるもの……」

「ええ、その外衣(コート)のように光であったり、他には、火であったり、水であったり。そうした世界に存在する元素(リゾーマタ)をも、私は素材として扱うことができるのです」

39

　夢想の世界の小さな仕立屋。
　彼は服を作ることが大好き。
だからこそ、彼は常識に囚われていた。
彼は「服を作ること」に固執していた。
　彼は「服」の概念に縛られていた。
今こそ、「服」の常識を飛び越えよう。
さあ、自由に世界を仕立ててみよう。

40

「ああ、君は〈心の解放〉の頂上に到達したんだね?」
「お言葉ですが、そこには到達しておりません。そこは私にとって遥か遠い場所」
「とにかくだ、オタカルさん! 私は大げさな言葉は嫌いだ。しかし本心を君に告げるべきだと考える。私はこの劫波(アイオーン)、すなわちこの宇宙時代に生まれ、そして君と出会い、こうやって関係している、影響し合っている! 私は自分の可愛さからこういう他ない。私はこれまで自身のなすべきことをなす活動に努めてきた。そのご褒美なのかもしれないと。もしそうであるなら、ああ、我が幸運を授けしものよ、心から感謝を……」
「次に、必然の友であるあなたに、心から感謝を。僕がこの能力に気づけたのも、全てあなたのおかげ。これからもこの力を使って、善き関係のために、善き影響のために尽力いたします」

「うん。微力ながら今後もオタカルさんの自由な活躍を応援していきたい。本当に最高の外衣(コート)をありがとう！」
「〈光の外衣〉は、いつもあなたとともに歩み、あなたとともに無数の善意を広げていくことでしょう」
　オタカルと旅人は、熱い握手を交わした。
「お元気で〈光の旅人〉よ。いつか再会できる日を楽しみにしております」
「善き再会まで、しばしのお別れだ。我が友よ！」

41

幻想世界の光の旅人。

暗夜を普遍で照らす。

明日、彼はどこにいる?

自由な旅に行先なし。

自由な旅に終わりなし。

42

友よ、絶えず心の解放を。

限界や制限は自身が定めるもの。

世界は無限である。

君は何にでもなれる。

君はどこへでも行ける。

君は無限の一部であるからだ。

43

　現実の世界。夏の終わり。午後のアロイス橋。

　いつものように、エリシュカは人形劇を上演する。

　舞台の隣にある三脚型黒板には白墨(チョーク)で次の表題が書かれていた。

『魔女と毒蛇』

　物語・脚本　　　エリシュカ

　人形・美術　　　エリシュカ

　人形服　　　　　エリシュカ

　登場人物

　異端の魔女（エリシュカ操作）

　異端の毒蛇（エリシュカ操作）

　語り手（エリシュカ）

背景画は霧の平原。周囲の木々は枯れている。

舞台の中央では、大鍋がぐつぐつと煮えたぎっている。

下手から、魔女と毒蛇が登場。

魔女、大鍋のところに移動。毒蛇がそれに続く。

[語り]

その魔女は異端の魔女。善の魔女である。

その毒蛇は異端の毒蛇。善の毒蛇である。

魔女と毒蛇は正統な教えに背き、ここへ逃げてきた。

魔女はかき混ぜ棒を使い、大鍋をかき混ぜる。

毒蛇は魔女を見守る。

魔女は鍋をかき混ぜながら、歌いだす。

[魔女の歌]

大衆は多数派

大衆にとって数は力

少数派は異端

少数派を滅ぼせ

大衆は正統

少数派を滅ぼせ

異端は大衆から離れる

大衆は異端に執着する

大衆は全てを大衆化する

大衆は価値に不知

大衆は永遠に向かわない

大衆は儚きものに流される

大衆は多数派

大衆にとって数は力

少数派は異端

少数派を滅ぼせ

大衆は正統

少数派を滅ぼせ

魔女は毒蛇を見た。

毒蛇はにょろにょろと大地を這っていたが、魔女の視線に気づき、魔女の顔を見上げた。

魔女は毒蛇の頭をよしよしとなでた。

毒蛇は嬉しそうな仕草をする。

魔女は毒蛇にこう言った。

異端の魔女　賢き者よ、お前は永遠を知っている。大衆はそれを知らない。大衆は儚きものにすがる。だからお前が永遠を愛するなら、大衆の常識に囚われるな。だが大衆を敵に回すことはするな。大衆と距離をとるのだ。そして大衆を恐れるな。ひとたび恐れれば、お前の生は悲劇となる。大衆は大衆を恐れるものを格好の餌食と見なすからだ。大衆は弱ったものをいたぶり殺すことが好きなのだ。

毒蛇は魔女に頷いた。

異端の魔女　賢き者よ、途絶えることなき俗物どもに気をつけよ。不確かなものに盲信、盲従する者どもに感化されるな。汝自身を知れ。自身が畜群に反する者、すなわち「畜群の異端者」であることを内観せよ。そして永遠なる必然の原理に従え、決して迷うことなく。

［魔女の詩］

永遠を知る者は到達するだろう、苦悩なき境地に。

永遠を知る者は到達するだろう、滅亡なき境地に。

賢き者よ、永遠なる善の手が指し示す方向を眺望せよ。

賢き者よ、永遠なる善の瞳に映る原理の輝きが導く。

―終幕―

44

　エリシュカの『魔女と毒蛇』の上演が終わった。
　そこには二人の観客がいた。一人は若い女性で、上演が終わると小銭を出さずに早々と立ち去った。
　もう一人は、手回し自動演奏器弾きの老人であった。ペトルである。彼は大きな拍手を送ったあと、今日の売り上げの一部を錻力箱にいれた。
「今日も素敵な物語をありがとう、エリシュカ」
「こちらこそありがとう、ペトル。そう言ってくれるのは、あなただけよ」

　エリシュカとペトルが話をしていると、籠にたくさんの茸を入れた老夫婦が仲良く通り過ぎていった。
「茸狩りの帰りのようね。もうそんな時期なのね……」
「うむ、八月が終わる。昨日まで雨が降り続いていたな。だから今日は茸狩り日和ということか」

　エリシュカは突然、うつむいた。
「意識せずとも時は経っていくものね。私の寿命も気づいたら尽きているかも、そんな人生になるのかしら……」
「それはおまえ次第だよ、エリシュカ。お前は素晴らしい人間だ。お前は素晴らしい才能をもっている。お前は時間に奪われないものを作り、それを表現することができる。なあ、エリシュカよ。お前は自身の内なる不滅性に、しっかりと目を向ける時期にきたのではないか？」
　エリシュカは無言であった。
　ならばと、ペトルは話を続けた。
「約十年前、ある男がこの橋で人形劇を上演していた。その人形師は、私にこういう詩を詠ってくれた」

45

無限と有限の壮大な永劫物語。

大いなる世界は自己の内で無限性と有限性を、

すなわち不滅性と可滅性の連続的分布を表現する。

不滅と可滅が織りなす大舞台の上で、

それぞれが小さな物語を綴る。

46

「その詩、どこかで……」

「エリシュカよ、汝自身を知れ。お前は無限と有限の壮大な永劫物語の登場人物の一人だ。お前は可滅ではなく、不滅を求めている。お前は小さな不滅の物語を綴っている。不滅はお前を愛し、お前は不滅の一部であることを愛す。これは確かな事実だ。そうだろう、エリシュカ？」

47

　数日後。夕方のアロイス橋。
　エリシュカの新作の短編人形劇がはじまろうとしている。観客は一人だけ。通学中のオタカルである。もちろん、エリシュカは彼を歓迎した。
　三脚型黒板には次の表題が書かれていた。

『魂の配慮』

物語・脚本　　　エリシュカ

人形・美術　　　エリシュカ

人形服　　　　　エリシュカ

登場人物

俳優（エリシュカ操作）

背景画は薄暗い舞台。

舞台の中央に椅子がある。

俳優が椅子に座っている。

俳優が椅子から立ち上がる。

俳優、ゆっくりと言葉を味わうように詩を詠む。

［俳優による詩］

〈魂の配慮〉を閑却(かんきゃく)した者ども。

彼らによって、戯曲の真髄は忘却の彼方に葬られた。

〈魂の配慮〉を閑却した者どもが制作した無骨な舞台。

彼らは自作の舞台で演じる、

足の引っ張り合いによって、生命を浪費しながら。

閉幕待たず、多くの観客去り行く。

大層な舞踏、その表題『足の引っ張り合い』。

俳優ですら舞台を放りだす始末、一人また一人と……。

戯曲を制作するなら、魂を正しく導くべきである。

舞台で演じるなら、戯曲の真髄に忠実であり続けたい。

戯曲の真髄、すなわち人生の本来的活動。

人生の本来的活動、すなわち人生の善的活動。

人生の善的活動、すなわち魂の配慮。

われわれの人生の第一目的は理想を目指すこと。

ならば、必然性をもって険しい道程を歩むだろう。

われわれの人生の第一目的は真理を求めること。

ならば、必然的にその他のことは二の次となるだろう。

魂の正しき展開は、永遠の詩を呼び起こす。

究極のものを第一目的とすることは、困難な行為。

究極のものを第一目的とすることは、本性の行為。

究極のものを第一目的とすることは、選ばれし行為。

究極のものを第一目的とすることは、永遠なる行為。

―終幕―

48

　エリシュカの人形劇が終演した。オタカルは彼女に拍手を送った。エリシュカはその小さな友達に一礼した。
「どうだった？　あなたの感想を聞かせてほしいわ」
「うん、そうだね。とても良かったよ、エリシュカ」
「ねえ、オタカル。友達として遠慮なく言ってほしいの」
「……じゃあ、遠慮なく。まず俳優の服が野暮ったい。これは感性の問題だから言い難いんだけど、その俳優に大衆の足の引っ張り合いを指摘させたいなら、彼の服をもう少し洗練させた方が説得力が増すんじゃないかな」
「あなたらしい意見ね。参考になったわ、オタカル」
「それと、エリシュカの人形劇は考えさせられるものだ。だから、エリシュカの物語は貴い。でもね、公演のための物語なんだから、娯楽性を……観客が簡単に喜怒哀楽を引き出せるようなものを、もう少し意識してみてはどうだろう？」

「そうね。まあ、私の作品は思索的な傾向であることは、自覚しているわ。あまり面白味がないことは認める。ただ、様式というか、芸風は変えたくないわね」

「せっかくだから、もう一ついいかな？」
「どうぞ」
「魂に気を配らない人たちによる舞台は、悪質な、正しくない舞台だということだよね？」
「そう」
「その舞台で足の引っ張り合いをして、観客や俳優がどんどん去っていくんだね。でも反対に、魂に気を配る人たち、つまり魂を健全に純粋に高めている人たちによって作られた舞台は、善質な、正しい舞台なんだよね。その正しい舞台の戯曲を正しく演じることは、人間の本来的な、基本的な活動なんだよね」
「完璧な答えだわ！」
「でも、正しいことは難しいことなんだよね」
「ええ、そうよ」
「難しいことだけど、それは本来的な生き方である……。うん、本性的に奥深く善いものを真剣に深く追い続ける

ことは、とても難しいことだからね」
「たしかに!」
「難しくも善きことに努めなければならない……。でも他のことを犠牲にして、険しい道である魂の配慮を最も重要な活動として実践していくことの利益ってなに?」
「利益? 魂の配慮それ自体を主要目的として生きていけることよ。理想を目指す活動それ自体を第一目的にして生きていけることよ。多くの人は、そうした活動に人生を費やすことはできないわ」
「それが大衆にとっての利益?」
「全ての人間にとっての、よ」
エリシュカは話を続けた。
「完全なる理想に基づく人間にとっての完全なる活動。それは人間にとって完全であるがゆえに全てを満たす。そうした活動には完全な喜び、満足が生じるはず。永遠の理想に向けた活動を第一にすれば、不断の喜び、満足が得られるのではないかしら」
「理想に即した活動は全てを満たす、ということに僕は心から賛成するよ、エリシュカ」
「ありがとう、オタカル」

「確認なんだけど、大衆が求めるようなもの、たとえば、快楽、富、地位、名誉などを最も重要なものとして定めることは、本来的活動じゃないよね？」
「ええ。人間の本来的活動とは、理想を求めること。だから永続しないもの、不確かなものを第一目的として追求することは、人間の本来的活動とは言えないわ」
「うん。エリシュカの物語は、大衆が遠退くようなもの、たとえば、永続するもの、確かなもの、崇高なものを追求する主題が多いよね。そうした内容の物語は、大衆の多くが心から歓迎し、納得する内容ではないはず。人によっては、その物語に激怒するかもしれない。あいつは大衆を馬鹿にしている、あいつは大衆の反逆者だ、って」
「……」
「それに僕には、エリシュカが大衆の意向、大衆の求めるものを嫌悪しているように思えてならないんだ」
「……私は大衆が求めるものに関心が薄いだけよ」
「とにかく、エリシュカが美しい活動、正しい活動、真なる活動をすすめるなら、人間のそうした活動について大衆が納得し、確信する機会を見出せるように、もう少し大衆に寄りそって表現する必要があるんじゃないの？」

「大衆に媚びたくないわ。それに一文でも大衆寄りに表現することは、作品の調和、統一性が崩れる可能性だってあるわ」
「別に、大衆に媚びる必要はないよ。僕はエリシュカの生き方を尊敬する。その生き方に賛同する。でも少しでもいいから、大衆寄りの観点から本来的活動の素晴らしさを伝える必要があるんじゃないの？ 少なくともそのように努力する義務があるんじゃないの？ 大衆のなかで生きる創作家・表現者として。もちろん、作品の調和、統一性を崩さない程度に」
「じゃあ、あなたならどうするの？」
「なぜ、僕に尋ねるのさ？ エリシュカの人形劇の物語を綴るのは僕じゃないだろう？ でもどうしても、って言うならやってみるよ。……そうだね、僕なら舞台を退場した魂に気を配らない俳優の一人を舞台に呼び戻し、これまで誤った戯曲を演じたけど、やっぱり本来的な戯曲を演じることが正しかった、ということをその俳優の口から観客に向けて訴えさせるね。……うん、どんな物語であれ、最低限の希望や救いは必要だと思うんだ」
「なるほど、勉強になったわ」

「……エリシュカの創作・表現する上での大切な心構えってなに?」

「なにより自分が納得、確信すること。たとえ他人から良い評価を得たとしても、自分が納得、確信しなかったら、やっぱり駄目ね。自分が探求したものを作ること、表現すること、これに尽きるわ」

「あなたは? 私たちの意見が一致するところでは、仕立屋も広い意味で、創作家・表現者になるわよね? あなたは将来どんな心構えで創作されるおつもりかしら?」

「なんか棘のある言い方だね。エリシュカは僕がマジェンカで……いや、何でもない。そうだね、僕が仕立屋になったら、仕立屋を営む上で大切にしたい気持ちは、自分が納得、確信することと同様に、他者から納得し、確信してもらうこと。僕は自分が探求したものを作ることと同様に、他者から探求されるものを作ることだね」

「……あきれた。その発想は傲慢よ」

「どうして!? 創作家・表現者なら、自分の作品・表現をより優れたものとして高めていくのは当然じゃないか! 自分の作品・表現を価値あるものとして、人々から求められたいじゃないか!」

「その考えが間違っているのよ！ そんな考えだと、あなたいつか大衆の臆見に惑わされ、自分を見失うことになるわ！ 大衆の俗物根性は底なしよ。大衆は情念の生き物。大衆はずる賢く、気まぐれで利己的よ。大衆の悪意によって、自身の作品・表現に絶望し、やめていった創作家・表現者を何人も見てきたわ！ 私の父も……いえ、何でもないわ……」
「大衆の性質がどうであれ、僕たちは大衆の一部に変わりはない。大衆社会で生きるかぎり、エリシュカが創作家・表現者として大衆の観点に立って語っていないことは間違っているんだ！ エリシュカの方が傲慢だよ！」
「なんですって！」
「僕は一般的に正しいことを言っている！ エリシュカの考えは、一般的に間違っているんだ！」
「一般的、一般的ってうるさいわね！ そもそも、あなたが連呼してる一般的って何よ！ そんな不確かなもの！ そんな漠然とした表象像(イメージ)を信頼しながら何が正しいことよ、何が間違えているよ！」
　オタカルは無言であった。

「今すぐ一般的な〈林檎(りんご)〉を想像してみなさい！ 今あなたが想像している〈林檎〉は、今私が想像している〈林檎〉じゃないでしょう！ 一般概念は人それぞれよ。あなたの粗末な考えを、私に押しつけないで！ そういう行為は最低よ！ 考えの強要なんて、馬鹿と子供がやることよ！」
「なんだって!? 馬鹿はそっちだろ！ 感想を聞かせてっていうから、僕は思ったことを言っただけなのに！ エリシュカは子供なんだよ！ 少しは成長しなよ！」
　オタカルはエリシュカに背を向け、歩き出した。
「言ったわね！ 戻ってきなさい！ このませがき！ 首根っこをつかんで孤児院に放り込んでやるわ！」
　オタカルは振り返り、エリシュカを小馬鹿にするようにため息をついた。
「まったく、馬鹿が怒ると手がつけられないね。僕はこの舞台から去るよ。ええっと、何だっけ？ そうそう、魂の配慮を閑却した癇癪(かんしゃく)女から、僕は速やかに遠ざかることにするよ。じゃあね！」
「この水妖怪(ヴォドニーク)のような根暗な顔したくそがきめ！」

49

　オタカルは学校に向かっている。その少年は駆け足でアロイス橋を渡り終え、今は街道を歩いている。
「まったく何なんだよ！　本当のことじゃないか！」
　オタカルは怒っていた。しばらくエリシュカに対する不平をこぼしていたが、やがてそれも飽きてきた。少年は明日の悦びを育んでいる日暮れの空気を胸いっぱいに吸い込んだ。
「さあ、僕だけの世界に入ろう！」
　いつものように、オタカルは歩きながら夢想の世界に集中した。だが、エリシュカとの喧嘩のことを思い出し、その世界に進入するための想像が途切れてしまった。少年は心を落ち着かせることに努めた。
「ふう。いかなる世界であれ、人生を楽しむには、余暇の心が必要だ。人生は遊び。その心がないと駄目なんだ。……もう嫌なことは忘れよう。エリシュカとは似た者同士ではなかった、ただそれだけのことだ」

　オタカルはもう一度、自分だけの世界を想像した。今度は成功したようだ。少年の観念に、壮大な夢想の世界マジェンカが出現した！

　オタカルはその世界に入った。すると突然、少年の目の前には大海が広がっていた！　オタカルはそこが海だと気づいたときには、すでに海の中だった。

　なんてことだ！　オタカルの体がいうことをきかない！　彼は海の底へ沈んでいく……。少年は恐怖に襲われたが、次第に落ち着きを取り戻し、海の世界に魅せられはじめた。いまや彼は海の茫洋(ぼうよう)な美しさに心を預けていた。

　ところが、巨大な何かがオタカル目がけて接近してきた！　まさか鮫(サメ)!?　いや、海豚(イルカ)であった。

　海豚(イルカ)はオタカルの周りをぐるぐる回り、彼を友好的に詮索していた。少年は海豚(イルカ)に友情の印として手を差し伸べた。すぐに彼らは仲良くなった。少年と海豚(イルカ)は、しばらくのあいだ海中で戯れていた。

　楽しい時間は速く過ぎるもの。新しい友とのささやかな交流に終わりがやってきた。海豚(イルカ)は自身の使命を思い出したかのように、オタカルを背に乗せた。そして海豚(イルカ)はゆっくりと海面を目指して上昇していった。

　無事に海面に浮上すると、少年は海の友の胸びれをなでて、感謝の意を示した。海豚はオタカルの周りをぐるぐる回ったあと、泳ぎ去っていった。

　オタカルは独りとなり、しばらく漂流していた。太陽の光が水面に反射して輝いている。
「大丈夫、そろそろ彼がやってくる」
　すると、上空に一機の熱気球があらわれた！〈飛行の魔術師〉の気球である。彼の不思議な気球は、オタカルに向かって下降してくる。

　気球と少年の距離がある程度縮まったところで、気球の乗船籠(ゴンドラ)から綱(ロープ)が投げおろされた。オタカルは水面に触れて間もないその綱(ロープ)を掴んだ。綱(ロープ)がゆっくりと浮上していく。

　綱が乗船籠(ロープゴンドラ)まで案内すると、ヴラチスラフの姿が確認できた。彼は笑顔で少年を見守っている。少年は乗船籠(ゴンドラ)に乗りこんだ。
「ありがとう、ヴラチスラフ！」
「気にするな、我が友オタカルよ。ところで、お前は海の深遠なる生命の記憶をたどることができただろうか？」
「わからない。でも海の生きた静寂を感じた……」
「うむ、静寂もまた絶えず活動しているものだ」

　ヴラチスラフはいつものようにオタカルを店まで送る。
「海が僕の荒んだ部分を優しく包み込んでくれたんだ」
「……何かあったのかね？」
「うん、大好きなお姉ちゃんと喧嘩してしまったんだ。原因は僕にあった。さっき海に落ちて冷静になれた……」
「だったらあとで、心から謝ることだ。お前が大好きな人なら、この大海のようにとても優しい人に違いない。心から謝れば、その人はお前を許してくれるはず。お前は心からその人を大切にしていけばいい」
「……うん、素直に謝れるといいな……」

　〈飛行の魔術師〉の気球は、大海を越えて、この国の都市の上を飛んでいた。

　やがて、オタカルの店の近くの広い空き地が見えてきた。気球は着陸の準備にとりかかる。

50

　ヴラチスラフの熱気球が、オタカルの店の近くの空き地に着陸した。ヴラチスラフとオタカルが乗船籠(ゴンドラ)から降りた。
「今日は店に遊びにきてくれるよね？」
「そのつもりだよ」
「美味しい東方緑茶が手に入ったよ」
「そいつは楽しみだな。実は今日、お前に紹介したい人がいるんだ」
「紹介？」
「うむ、素敵な方だ。近くの喫茶店で私が来るのを待っている。今から呼んでくるから、先に店に入っててくれないか」
「うん、わかった」

　二十分後。ヴラチスラフが男女を連れてオタカルの店に入ってきた。オタカルは全員分のお茶を用意した。

　ヴラチスラフは、オタカルにその二人を紹介する。女は歌手(シャンソニエール)で、男はその芸人管理者(マネージャー)であった。ヴラチスラフの友人は、歌手の方になる。

　歌手は花の都ソヴールの出身である。決して若くはないが品のある美しい女性だ。オタカルは、彼女は自尊心が強く、心を閉ざしているかのような印象を受けた。

　オタカルはまず歌手と挨拶し、次に芸人管理者(マネージャー)と挨拶した。芸人管理者がこの店の若き主人に次のように語る。
「私どもはきたるべき演奏会用の夜会服(イブニング・ガウン)を仕立てていただきたく、腕の良い裁縫師を探しておりました。するとある場所で、ヴラチスラフ様と再会することがかないました。ヴラチスラフ様は私どもの用事を察していただき、すぐにこの町で有名な裁縫師オタカル様の名をあげていただきました。それもヴラチスラフ様のご友人ということでご縁を感じ、このようにご相談に参った次第でございます」

　オタカルはその芸人管理者(マネージャー)に歓迎の意を表した。そのあと、歌手と二人だけで話がしたいことを伝えた。当然といえば当然だが、芸人管理者(マネージャー)は困惑した。オタカルは構わず、その対話によってあなた方の注文を受けるかど

うかを判断したい、とつけ加えた。
　芸人管理者(マネージャー)が歌手の顔を見る。歌手は作り笑顔を浮かべて頷いた。
　芸人管理者(マネージャー)は、一礼したあと店を出た。彼は営業車の中で歌手を待つことにした。
　ヴラチスラフは緑茶を飲み干す。彼はこれから別の用事があるらしく、オタカルと歌手に挨拶をすませ、店を後にした。

　オタカルの店には、その主人と歌手だけがいる。二人は円卓を挟み、向かい合うようにして椅子に座っている。歌手は長くて上品な煙草筒挟(シガレットホルダー)に茶色の煙草を装着した。
　オタカルはただ彼女の眼を見ていた。歌手もオタカルの眼を見返しながら、煙草をくわえる。そして燐寸(マッチ)を着火させ、その煙草に火をつけた。彼女はオタカルの眼を逸らすことなく、ゆっくりと煙を吐いた。
　オタカルが話はじめた。
「僕は自分の勘(かん)を信じています。僕は直感的にこう思っています。微力ながら、あなたの味方でありたいと」

して初対面の人に、そのように
たは私の何を知っているの？」
知りたいという気持ちを、僕は
気持ちは確かなものです」

人です。お金では動きません」
そんな頑固者が私の力になりた
。でもなぜそう思うのかしら？」
に、僕の勘が反応したからです。
いると思ったからです。あなたは、
つの軸であることを知っている、
です」

できます。次に……。これから申
かするとあなたを傷つけてしまう
あなたへの悪意はございません」

歌手は天井に向けて煙を吐く。

「それでは遠慮なく。あなたはご自身の過去にすがっているように思えました。あなたは過去に縛られている」
「なんですって!?」
「今のあなたの心は、過去への執着、つまりあなたの幸福の生を妨げる悪質な誇示欲や人気欲などからなる盛時の輝きへの執着を生じさせているようです。あなたは不健全な心の状態によって、現在の自身を否定し、過去の栄光に縋っている。だから僕は、あなたをその過去の縛りから解放し、健全に今を受け入れ、肯定し、愛せるようにお手伝いしたいのです」
「なぜそこまでのことをしようと!?」
「まず、僕の仕事は自身の制作を通じて人々を幸福にすることです。だから、あなたを幸福に導くのは僕の仕事です。それと、僕のためでもあるからです」
「?」
「僕は今、とても後悔しています。僕はあなたの力をお借りして、僕自身の悪い状況を打破したいのです」
「あなたの悪い状況とは?」

「僕は信頼できる人を傷つけてしまった。もしあなたが過去を克服されたなら、僕はあなたに続こうと思うのです。僕は驕心(きょうしん)を捨て、傷つけた人に心から謝罪しようと思います。僕に勇気をください。あなたは僕の〈勇気を持った憧れの対象(アイドル)〉となるべき方なのです」
「……」

　店ではしばらく沈黙が流れた。だが、歌手(シャンソニエール)がその沈黙をやぶった。
「私は昔、歌手として成功を収めた。私の『愛の歌』は商業的に大成功を記録したわ。ええ、そう。私の歌は世界中から愛され、私は大活躍した。でもその後は、高売上曲(ヒット)に恵まれず、今に至るわ。数年ぶりに演奏会の依頼がきたのよ。だから今回、最高の新曲を作ってそれに臨むつもり。これが最後の機会だと思うから」
「お話を聞かせていただき、ありがとうございます。あなたは、本当に勇気を秘めておられる方です」

　歌手は煙草を消した。
「確かに、私は過去の栄光にすがっている。私は現実を否定し、そこから逃げている。……正直、そんな自分に嫌気がさしていた……。だからもし過去の縛りから解放され、健全な心で今を受け入れ、肯定し、愛せるようになれたら、どんなに素晴らしいことかしら」
「あなたの活動は、大変なものかもしれません。ですが、あなたは素晴らしい才能をお持ちです」
「その言葉、素直に受け取りたいわ」
「すでにご承知のことだと存じますが、僕たちは大宇宙の一部としての小宇宙です。あなたの美しい小宇宙は、他の無数の小宇宙を、そして大宇宙をも美しく刺激します。あなたの活動は全ての活動を快適にしています。あなたの活動は全ての活動を彩り、鼓舞させているのです！」
「なんて壮大なお考えなのかしら！　人間は誰しも自分の心の中に〈宇宙の記憶〉を持っていると思うの。私も同じ。今あなたがおっしゃったことは、私の内なる宇宙の記憶の断片を想起させたのよ」

「恐縮です」

「オタカルさん、あなたの今の話を聞いて思ったのは、私は宇宙というものは〈円環〉のような気がするのです。一つの宇宙は一つの円環。無数に存在する大宇宙の永遠無限の円環のように、私たち個人もまた無数の独自の円環を展開させているように思います」

「無数に存在する円環。円環としての小宇宙……。円環としての大宇宙……。とても刺激的なご意見です！」

　歌手はオタカルの両手を握った。

「こちらこそ、素敵なお話をありがとう。どうか私のために、一式麗装(ドレス)を作ってください」

「もちろんです！　僕は紳士洋裁師(テーラー)であると同時に、婦人洋裁師(ドレスメーカー)でもあります。このご依頼、喜んでお引き受けいたしましょう！」

　二人は信頼の抱擁(ほうよう)を交わした。そして、歌手は店を後にした。彼女の姿が見えなくなると、オタカルは店を閉めた。それから椅子に座り、窓から空を見ながら構想に耽る。小さな仕立屋は、すでにあの歌手の一式麗装(ドレス)のことで頭がいっぱいだったのだ。

51

世界は絶えず流れている。

世界は絶えず変化している。

あの空も美しく流れている。

あの空も美しく変化している。

空……

52

　突然、オタカルは椅子から立ち上がる。急いで作業机の引き出しから画帳(スケッチブック)を取り出した。そして、画帳(スケッチブック)の白紙の頁(ページ)を開き、そこに一式麗装(ドレス)を一気に素描した。こうして、彼女に相応しいものの形象が完成された。

53

　数週間後のマジェンカ。現実の世界では数分後。
　オタカルの店。オタカルとヴラチスラフは、店の奥の部屋にいた。彼らは、映像機(テレビ)の前の長椅子(ソファ)に座っている。
「オタカルよ、まもなく壮大な行事(イベント)がはじまるぞ！　私は年甲斐もなく興奮してるよ！」
　今日は、花の都ソヴールの歌手(シャンソニエール)の演奏会の日である。彼女の演奏会は、映像機(テレビ)で放送される。
　二人は彼女の芸人管理者(マネージャー)から特等席を用意されていた。だが、オタカルは仕事を休めないという理由で、丁重にその申し出を断った。ヴラチスラフも断ることになった。彼の場合、人で混み合っている室内が苦手、というのがその理由であった。

　舞台の幕がゆっくりと上がりはじめた。
「さあ、はじまるぞ！」
　興奮するヴラチスラフ。彼はセミリ地方の麦酒(ビール)をあおり、映像機(テレビ)にくぎ付けになる。

　オタカルは「うん」と返事した。少年は確信した。ヴラチスラフは、彼女の熱心な愛好支持者(ファン)であることを。それもおそらく、彼女が若いころからの。
　オタカルは、濃厚な自家製の西洋酸桃の搾汁(プラムジュース)を飲んだ。これから隣にいる今でも青春を謳歌している素敵な老人と一緒に、映像機(テレビ)の前で盛り上がろうと思った。

　舞台の幕は上がり終えている。だが舞台はまだ薄暗い。舞台の後部には、すでに演奏者たちが待機している。
　一人のすらっとした女性が舞台の中央に向かった。強い照明がその中央に立っている女性を照らす。集中発光(スポットライト)を浴びているのは、ソヴールの歌手であった！　彼女の表情からは何ものにも縛られていない様子がうかがえた。
　彼女は心を解放し、この演奏会に臨んでいる。そのことを、オタカルとヴラチスラフはさとった。
　彼女は一点の汚れもない純白の一式麗装(ドレス)を着ていた。それはオタカルが思いを込めて仕立てた最高の一品である。
「おお、美しい！　素晴らしい作品だ、オタカルよ！　まさに彼女の美しさが際立つ、彼女のための一式麗装(ドレス)だ！」

　彼女は一礼する。そして天を仰ぐように両手を広げる。すると、開幕の優麗(ゆうれい)な演奏が流れはじめた。

「……空よ、流れよ！」
　彼女の言葉に反応した一式麗装(ドレス)がその正体を現した！ なんと、純白の一式麗装(ドレス)は、美しい青空と無数の雲の絵柄(デザイン)に変化したのだ！

　それだけではない！ 驚くべきことに、その写真のように美しい空の絵柄は動いていた！ 一式麗装(ドレス)の絵柄は本物だったのだ！ 一式麗装(ドレス)のなかの大空の雲は流れ、太陽の光が煌めいている！

　観客たちは感嘆の声をあげた。もちろん、会場だけではない。映像機(テレビ)を通じてその一式麗装(ドレス)の神秘に世界中が心を奪われた。たとえ白黒映像機(テレビ)であっても、彼女が着ているものの魅力が損なわれることはなかった。

　彼女を観ている全ての人が同時に感激している。身分や国籍関係なく、一緒の時間を共有している。そう、この瞬間、世界は一つになった。

　ヴラチスラフは右手で麦酒(ビール)を持ったまま、その場で固まっていた。
「素晴らしい……。ああ、会場に行けばよかった。心から後悔しているよ、オタカル……」
　オタカルはヴラチスラフの小言を受け流し、映像機(テレビ)を通して彼女にこうつぶやいた。
「その〈空の一式麗装(ドレス)〉は、あなたを待っていたのです。それはあなたのために生まれてきたのです。僕の仕事はここまで」

　しばらく彼女は、両手を広げて天を仰ぐような姿勢を崩さなかった。それでも彼女の〈空の一式麗装(ドレス)〉は観客を飽きさせなかった。その一式麗装(ドレス)のなかの本物の大空は、絶えず動いていたからである。空は絶えず流れている。世界は絶えず変化しているために。
　開幕の演奏が終わった。ようやく、彼女が姿勢を変えた。彼女は右手で持っている拡声機(マイク)をゆっくりと自分の口に近づけた。

　今日の演奏会では、新曲を三曲披露する予定である。最初の曲がはじまった。ソヴール地域特有の軽快で、お洒落(しゃれ)な曲が流れる。彼女の新曲は、観客からの盛大な拍手によって迎えられた。

54

【今に首ったけ】

過去にすがったあのころ
あなたの腕に抱かれた日々
あなたの接吻に酔いしれた日々

だけど、過去とはお別れよ
もうかけひきは終わりなの
そうよ、遊びだったのよ
いいえ、それは強がりね

今という時間に夢中になった
私は今に心を奪われた
私は今に首ったけ

過去にしがみついたあのころ
あなたに身を任せた日々
あなたの愛撫(あいぶ)にとろけた日々

だけど、過去とはこれまでよ
もう愛情の確認は終わりなの
そうよ、真剣だったのよ
いいえ、それは負けを認めること

今という時間に我を忘れた
私は今に魅せられた
私は今に首ったけ

過去よ、さようなら
過去への愛の刻印はずし、
過去への愛は過去となる
過去への愛はすでに過去……

55

　一度聴いただけで耳に残る魅惑的な曲に、観客たちは心から酔った。盛大な拍手が彼女の実力と才能を称える。
　次の新曲がはじまろうとしている。観客たちは静粛にする。彼女の次の歌をもらすことなく聴くために。

56

【開かれた円環】

無数の関係性が展開する大円環
その内で無数の小円環が無数に関係を展開する
「求心的・閉鎖的なもの」、「遠心的・開放的なもの」
あなたは、求心的・閉鎖的な円環から脱した
あなたは、遠心的・開放的な円環を築いている
無限定からなる遠心的・開放的な円環の展開
それは、絶え間なく拡張し続ける
あなたは無限定に、全てに感謝し、肯定し、愛する
あなたには、開かれた円環の知恵がある
あなたは、この世界の円環の謎を知っている、
円環の永遠性が永遠に一つであることを

57

　彼女の歌詞を完全に理解する者は少ないだろう。だが、彼女の歌声、歌う姿は観客たちを健全に魅了している。そう、遠心的・開放的に。

　そして、次の曲がはじまる。これも新曲である。

58

【永遠の実子たち】

母は森羅万象を抱き込む
万有は大いなる母の実子たち
汝らよ、母なる魂の展開を辿れ
宇宙母胎の観念に存する本質を
存在鼓動の波が打つなか、
母の理想に帰還する永遠の精神
母の理想に選ばれし実子は至福者
その者は本性を全うする
実子たちの生は刹那、必滅の宿命
されど、永遠の幸福を印銘されている
汝らは、知恵の探求を楽しむことができる
大いなる母の内で、探求の生を楽しむ
これ以上の幸福の生が、他にあるだろうか？

59

　全ての新曲が終わった。観客たちの歓声はしばらくやむことがなかった。彼女はゆっくりと舞台を歩き、その大歓声に応える。彼女は観客たちに幸福の生を願った。
　そして、情熱的な曲が流れはじめた。彼女の代表曲『愛の歌』の序奏(イントロ)である。彼女の歌はまだまだ続く……。

60

　翌日の《芸能新聞》の見出しより。
「ソヴールの歌姫、ここに復活!」
「魔法の歌と〈空の一式麗装(ドレス)〉に世界が首ったけ!」

　翌日の《毎日通信》の見出しより。
「再び天翔るソヴールの歌姫!」
「彼女の円環は、世界の円環と重なった!」

61

　現実の世界。オタカルとエリシュカが喧嘩して四日目。
　正午のアロイス橋。燦々(さんさん)と輝く太陽の下、多くの観光客で賑わっている。
　その橋に操り人形師エリシュカがいた。彼女はこれから上演される人形劇の準備を終えて、エステル川と空を眺めていた。

62

〈雲と構想の行方〉

雲は絶えず流れる。

大きな雲も、小さな雲も。

まるで構想のように。

63

　同日。オタカルはいつものように家を出た。幸いにも、父親に遭遇することはなかった。

　オタカルはこの数日間、エリシュカを無視してきた。アロイス橋で人形劇を上演している彼女の側を素早く駆け抜けていた。

　だが、今日は違う。オタカルの心の準備は整ったのだ。
「今日こそしっかり謝ろう。僕はあのとき勇気をもらった。僕にも出来るはず。いつまでも意地になっても仕方がない。世界は絶えず流れているのだから。僕も善く変化しなければならない……」

64

　同日。夕方のアロイス橋。
　ペトルが手回し自動演奏器(オルガン)を陽気に弾いている。ペトルの前に六人の子供がいた。彼の演奏を聴きながら楽しく戯れている。地元の子供たちのようだ。
　ペトルの演奏はしばらく続いていたが、世界は絶えず流れているため、彼の演奏も終わりがやってきた。

　子供たちはそれぞれ衣嚢(ポケット)から小銭を取り出し、それを手回し自動演奏器(オルガン)の前の石畳に置かれた古びた紳士帽子(シルクハット)の中にいれた。
　すると、手回し自動演奏器(オルガン)の上に座っている猿の人形の両手が、かちかちと演奏鏡(シンバル)を叩きだした。子供たちは笑顔で溢れ、その猿に触った。人形の名前はオスカル。昔ペトルは、本物の猿のオスカルと一緒に手回し自動演奏器(オルガン)を弾いていた。

　さて、子供たちが家路を急ぐ時間となった。子供たちが仲良く帰っているとき、エリシュカがペトルのもとにやってきた。
「やあ、エリシュカ」
「こんにちは、ペトル。それにオスカル」
　オスカルが演奏鏡(シンバル)を二度叩いて挨拶した。もちろんそれは、ペトルが操作しているのだが。
「ちょうど、お前に話があったんだ」
「何かしら、ペトル？」
「うむ、オタカルのことだ。お前のことで悩んでいるみたいだ。あれのことを許してやってほしい。オタカルは、お前のことを信用している。お前といるときは素直になっている。本当の自分に戻って、お前と接している」
「そう、オタカルが……。あの喧嘩は私が悪いの。大丈夫よ、私はすでに彼を許してるわ」
「ありがとう、エリシュカ。お前は本当に優しい子だ。だから、お前ならそう言うだろうと思っていたよ。だが、私にも役割というものがある。二人のことを繋ぐ役がな」

「物語の人物みたいに?」
「そうだ、脇役だがね」

　ペトルは何かに反応した。オタカルであった。彼が向こうから歩いてきている。
　オタカルは、ペトルとエリシュカに気づいた。少年は一瞬歩くのを止めたが、またすぐに歩きはじめた。
　ペトルとエリシュカは、オタカルを笑顔で迎える。少年は二人に近づき、まずペトルに挨拶した。それから、エリシュカにこう言った。
「この間は本当にごめんなさい。僕が生意気だった」
「私の方こそごめんなさい、オタカル。もし少し時間があるなら、私の新作を観てみない?」
「いいの!? ぜひ観たいよ!」
「じゃあ、決まりね!」
　エリシュカはペトルに笑顔を向けた。すぐさま、ペトルはエリシュカに目交ぜした。

　オタカルは背嚢から黒色の紙袋を取り出し、それをエリシュカに渡した。

「これは何かしら？」

「エリシュカにちょっとした贈り物だよ」

「あら、ありがとう！」

　エリシュカは袋を開けてみた。なかには人形の服がはいっていた。それも上品な礼服一式である。

　高位礼服(モーニングコート)の上着と正装胴衣(ウェストコート)は黒色で、洋袴は灰色。礼装襯衣(ドレスシャツ)は白色。襟締(ネクタイ)と装飾手巾(ポケットチーフ)は赤茶色。靴は黒色で、さらに黒色の上流帽子(トップハット)も作られていた。

「凄い！　とても繊細な作品だわ！　本当に嬉しいわ！」

「喜んでくれて嬉しいよ。学校の裁縫道具で、しかもあまり時間がなかったから、これが精一杯だったんだ。でも心を込めて作ったよ。ぜひ、あの俳優に着させてよ」

「そうさせてもらうわ！　きっと彼も喜ぶわ！」

「うん、ありがとう。彼の説得力が増すはずだよ」

　エリシュカとペトルは、オタカルの目の下の隈(くま)に気づいていた。ほとんど不眠で人形の服を作ったのだろう。

　エリシュカとオタカルはペトルに挨拶したあと、エリシュカの公演場所に戻っていった。

　ペトルは仲直りした二人の背を見ながら、今日の最後の曲を演奏した。

65

世界は絶えず流れている。
流転する世界の内で、
誰かがあなたの幸せを願っている。
流転する世界の内で、
誰かがあなたの夢を支えている。

66

　月日は流れて、秋。紅葉・黄葉が色づきはじめる季節。

　夕方のアロイス橋。これから、エリシュカの人形劇がはじまる。観客は三人。二人は地元の買い物帰りの中年の夫婦で、もう一人は通学中のオタカルである。

　三脚型黒板には次の表題が書かれていた。

『星の断片的伝言』

物語・脚本　　　エリシュカ

人形・美術　　　エリシュカ

人形服　　　　　エリシュカ

登場人物

星の伝言者（エリシュカ操作）

立石（メンヒル）（エリシュカ操作）

　背景画は、荒涼とした大地。空には星々が輝いている。
　下手から、白色の内衣(キトン)を身に着け、革履(サンダル)を履いた青い星の頭部の人間(?)が登場。惑星の環が特徴的である。彼は「星の伝言者」である。

　星の伝言者、ゆっくりと語りはじめる。

［星の伝言者の詩］
私は星の伝言者。
一つの宇宙には無数の星が存在する。
全宇宙の完全性には余地がある。
その余地は不完全性である。
大いなる意思はそのように創られた。
宇宙の悪しき展開は、善き展開を不完全に刺激する。
宇宙の善き展開は、悪しき展開を完全に刺激する。

星の伝言者、ゆっくりと跪く。

［星の伝言者の詩］

私は星の伝言者。

この宇宙は私の舞台。
 ̇ ̇

私は宇宙の記憶を伝え続ける。

星の伝言者、ゆっくりと立ち上がる。

［星の伝言者の詩］

私は星の伝言者。

私は大いなる創造の知性によって導かれた。

私は今、荒涼とした丘陵地にいる。

私は大地の展開を刺激した。

私は大地の意思の信頼を得た。

私はそこで大いなる創造の知性の落雷を浴びた。

私は「知恵の火花」によって創造の本意と共鳴した。

私は「全体の無限」の一部であることを確認した。

私には他の大地の展開を刺激する使命がある。

大地はここに私を留まらせようとする。

私の小なる創造の知性はそれを拒んだ。

ここに留まり続けることは、私の使命を放棄すること。

私は高台に立ち、この大地を一望した。

その絶景は私に記憶された、恒久に。

大地は私に懇願した、我らを見届けよ、と。

背景画を変更。背景画は、色鮮やかな大地。

星の伝言者、ゆっくりと周囲を見回す。

[星の伝言者の詩]

大地はその存在を誇示する。

一輪の風。

時折、雲から覘(のぞ)く青い空。

色とりどりの草花。

堂々たる木々。

星の伝言者、ゆっくりと両手を広げる。

(舞台の) 上から立石(メンヒル)が下りてきた。

星の伝言者、両手を下ろし、宙に浮く。

星の伝言者、そのまま立石(メンヒル)の上に移動。

星の伝言者、立石(メンヒル)の上に座る。

[星の伝言者の詩]

大地は私の理(ことわり)の詩を詠んだ、完全に。

しばらくして、私は一枚の巨大な自然岩を発見した。

それは隠された完全なる作品であった。

私はその岩を加工し、立石(メンヒル)にした。

私は立石(メンヒル)に断片的な伝言を刻んだ。

それはある物語であった。

この宇宙の記憶の一部となるための。

次の宇宙時代すなわち劫波(アイオーン)とつながるための。

―終幕―

67

　エリシュカの今日の人形劇が終演した。中年夫婦の観客は、最後まで彼女の人形劇を観劇した。

　男は人形師に「考えさせられる内容だった」と伝えた。女は人形師に「幻想的な作品をありがとう」と言って、人形師の錻力(ブリキ)箱に小銭をいれる。そのあと、夫婦は仲良く立ち去っていった。

　二人を見送ったあと、エリシュカは人形劇の道具を片付けはじめた。オタカルが彼女の手伝いをする。
「ねぇ、エリシュカ。この〈星の伝言者〉は、古式の長い衣装、たとえば亜麻の一枚布のようなもの、ええっと、外衣(ヒマティオン)だっけ？　とにかくそういうのが似合うと思うんだ。僕、作ってもいいかな？」
「本当に!?　もちろんよ、ぜひお願い！」
「ありがとう！」

　二人は道具を片付け終えた。エリシュカは、夕日に染まったエステル川が運ぶ秋寒を実感した。
「そろそろ本格的に寒くなってきたわ。学校の用務小屋で寝るのは辛いんじゃないの？」
「平気だよ。それに学校まで歩いているから、疲れるんだ。それがいいんだよ。疲れるから、学校に着いたらすぐに寝れるんだ」
「……今、私の家の屋根裏部屋が空いているわ。もしよかったらそこで寝てもいいわ。夜、私は仕事があるから」
「心配してくれてありがとう、エリシュカ。でも僕は学校まで歩きたいんだ……」
「歩くことが大事なの？」
「そう、あの長距離を歩くことが大事なんだ」
「どうして？」
「……うん……」
　エリシュカはオタカルの返事を待った。
「……空想にふけたいんだ。僕は歩きながら、空想にふけてるんだ……。とても楽しいんだ。変でしょう？」
「いいえ、ちっとも」

「本当に？ エリシュカに話すよ、僕の秘密を。僕には僕だけの世界があるんだ。僕が想像した夢想の世界が」
「夢想の世界……。そう、とても素敵なことね！」
「ありがとう！ その世界は僕に希望を与えてくれる！ 僕を成長させてくれる！ 僕に幸せを運んでくれるんだ！」
「素晴らしいわね！」
「うん！ その世界では僕の役割があるんだ……。僕しかできない役割が」
「実は昔、私にも私だけの世界が存在したわ……」
「そうだったんだ！ ……えっ、今はエリシュカだけの世界はないということ？」
「どうかしら……。今でも存在すると思うわ。おそらく、まだあの時のまま……。私の世界の住人たち、たとえば、奇術を使う人たち、幻想的な動物たち、妖精たち、小人たち……。それに超自然的な地域、不思議な建造物、魔法の乗り物など……。それらはあの時のままだと思う……」
「どうして？ どうしてそんな素晴らしい世界なのに行かなくなっちゃったの？」
「……私が大人になったからかも……。正直わからないわ……」

「……」
「ねぇ、オタカル。あなたの夢想の世界は、いつでも存在するものでしょう？」
「そうだよ」
「あなたがその気になれば、集中できる場所だったら、あなたはどこにいても、あなたの世界に入れるのね？」
「うん」
「私の家は静かよ。それに屋根裏部屋の天窓から星が見えるわ。その部屋は少なくとも用務小屋よりは暖かいはずよ。だから、私の家であなたの夢想の世界に集中しなさい。私も安心できるわ。やっぱり、夜は色々と危険よ。酔っ払いや野犬も多くなったし。ねっ、そうしなさい」
「そうだね……」
「裁縫機械(ミシン)もあるわよ。ただし、祖母の代から使い続けている古いものだけど」
　オタカルは満面の笑みを浮かべた。
「あなたに、その裁縫機械(ミシン)を貸してあげるわ」
「いいの⁉」
「ええ、裁縫機械(ミシン)もきっと喜ぶわ。あなたのような有望な人が使ってくれるなら」

「ありがとう、エリシュカ！」

「私の人形たちに素敵な服を作ってほしいわ。それに、人形の服作りは仕立屋になるための練習になるはずよ」

「もちろん、練習になるよ！ うん、エリシュカの家にお邪魔するよ！」

「よし、そうと決まれば帰りましょう！」

　オタカルとエリシュカは、アロイス橋を後にした。

　夕方の鐘はすでに鳴っている。今日は二人で家路を辿る。それはいつもと違う景色……。

68

幻想的な古き小道。
そこは新たなものが生まれる小道。
新しい作品が、新しい様式が、新しい形式が、
新しい方法が、新しい方針が、新しい理想への道標が。

69

　エリシュカとオタカルの住む町は、中世の名残を留めている。そこでは無数の古い小道が網目のように張り巡らされていた。小道の一つ〈ポジースカ通り〉。その歴史ある小道の両側には、色鮮やかな家が軒を並べている。なかには、芸術家や職人の家だと一目でわかるところもある。

　細い石畳の小道が続く。石畳の乾いた音、二人の影。エリシュカとオタカルがポジースカ通りを歩いていた。
　やがて、エリシュカが茶色の外壁の小さな家の前でとまった。そこが彼女の家であった。
「さあ、どうぞ」
　二人は家に入った。
「とても素敵な部屋だね！」
「ありがとう」

　エリシュカが外衣(コート)を脱ぎ、それを玄関の扉の左真横にある衣類掛け(ホールスタンド)に掛けた。すると突然、屋根裏部屋から何かが下りてきた！
「うわっ！」
　オタカルは驚いたが、それが黒猫だとわかり安心した。
「私の家族のレンカよ。やんちゃだけど、女の子よ」
　黒猫はオタカルの足に体を擦りつけている。
「レンカ、お前とは仲良くできそうだね」
　オタカルはかがみ、レンカを優しくなでた。レンカはとても気持ちよさそうだった。
「部屋を案内するわ」
　オタカルはエリシュカについていく。レンカもオタカルの後をついてきた。その黒猫は、オタカルのことが気に入ったようだ。

　エリシュカの家は、大体以下のような間取りであった。
　玄関の扉は、家の右側に設置されている。玄関を入って右真横には、屋根裏部屋の梯子がある。
　玄関の対面（真向い）の左側には手洗い(トイレ)が、その隣の右側には浴室(バスルーム)がある。

　玄関からみて左中央の壁に、別の部屋への扉がある。その扉を開けて中に入ると、左側は居間・食室で、右側はさらに別の部屋となっていた。

　まず、居間・食室には小さな暖炉が設置されている。小道側の壁には大きな窓があり、日中はその部屋に明るい光が射し込むことだろう。

　食卓は窓の側に置かれている。食卓の周りには四脚の椅子がある。食器棚と台所(キッチン)はいずれも古いものだが、しっかり整理されていた。

　それから、エリシュカは右側の部屋の扉を開けた。そこは彼女の部屋であった。

　この部屋の全ての家具も、かなり年季が入っている。出入口の扉の対面の壁には窓が設けられている。その窓の側には寝台(ベッド)が置かれている。寝台(ベッド)の枕側には、寝室棚と衣類棚がある。

　出入口の扉の左真横には本棚が置かれていた。本棚には隙間なく稀覯(きこう)本が並べられている。どれも難しそうな内容の本である。エリシュカの趣味だろうか？

　出入口の扉からみて左壁には、大きな人形用の戸棚(キャビネット)がある。そこには、木製の操り人形がところせましと置かれていた。
「橋で見たことがある人形もいるね」
「私の作った全ての人形が、ここでお休みしているのよ」
「未完成の人形もあるみたいだね」
「ええ。誕生するのが楽しみね、オタカル」
「うん！」
　人形棚の下部の六段の引き出しの中には、古いがよく手入れされた様々な裁縫道具ならびに生地や紐類などが収納されていた。人形棚の左端には、何かが赤色の布で被せられている。
「これは？」
「あなたの相棒よ」
「……あっ！」
　オタカルが布を取ると、年代物の裁縫機械(ミシン)がでてきた！　少年は宝物を発見したかのように目を輝かせ、その古い裁縫機械(ミシン)に触れた。

「……凄くいい裁縫機械（ミシン）だ……。エリシュカのお祖母さん、エリシュカのお母さん、そしてエリシュカがこの裁縫機械（ミシン）を使い、この裁縫機械（ミシン）を愛し、この裁縫機械（ミシン）とともに生きてきたんだね」

「そうよ。これはこれからも誰かに愛され、誰かとともに生きていくでしょうね。そうであってほしいわ」

　オタカルはしばらく裁縫機械（ミシン）に触っていたが、エリシュカに呼ばれたため、そちらに向かった。エリシュカはオタカルに、人形棚の対面にある作業台を見せた。

「凄くしっかりした作業台だね！」

「ええ、父が使っていたものよ」

　作業台の右端には真鍮の箱が置かれていた。エリシュカが蓋を開けると、なかには様々な人形作りの道具が収納されていた。たとえば、彫刻刀（木工用たがね）一式、錐（きり）一式（千枚通し、目打ちなども含む）、螺旋錐、螺子回し一式、小刀、大中小の木べら、握り鋏、木工用やすり、金属用やすり、奴床鋏（プライヤ）、細筆、平筆などが確認できた。

　また、作業台の上棚には木製の釘入箱が置かれていた。なかには、釘、螺子、針金、糸、紐、革紐などが種類ごとに収納されている。

　作業台の足元右側の方に、木材の束が置かれている。菩提樹の木[1]のようだ。この木がエリシュカの人形の「体」となるのだろう。

　それから二人は、屋根裏部屋への梯子を上る。エリシュカが先に上り、オタカルがそれに続く。オタカルが梯子を上り終えるや、レンカが最後に素早く上ってきた。
　屋根裏部屋はとても広く、それでいて物が少なかった。部屋の屋根には、天窓が設置されていた。出入口の対面の壁側には寝台(ベッド)がある。寝台(ベッド)の足側には衣類棚が置かれていた。
　また、出入口からみて右壁の中央に、棚机(ビューロー)と椅子がある。棚机(ビューロー)の左隣には、脇机(サイドテーブル)と腰掛け(スツール)がある。棚机(ビューロー)の右隣には、戸棚(キャビネット)が置かれていた。

1　西洋菩提樹、西洋科の木

「天窓から空を見てみて、オタカル」
　オタカルは天窓に近づく。
「ああ、きれいな星がたくさん見える!」
「ねっ、素敵でしょう!?」
「うん!　なんて素敵な部屋なんだ!」
「私はこの屋根裏部屋を〈星の部屋〉と呼んでいるの」
「〈星の部屋〉……」
「ここは以前、私が使っていたのよ。今はレンカが使っているだけ。あなたがこの部屋を使ってくれたら、レンカも喜ぶわ、きっと」
　黒猫は、オタカルに甘い声で鳴いた。

70

　エリシュカとオタカルは、屋根裏部屋まで慎重に裁縫機械(ミシン)を運び、それを棚机(ビューロー)の隣にある脇机(サイドテーブル)の上に置いた。そのあと、エリシュカは裁縫道具一式と生地、紐類などを持って上がった。
「ふう、終わったわね。オタカル、大したものないけど、夕飯作るから一緒に食べましょう」
「本当に!?　夕飯なんてしばらくぶりだよ!」
「……美味しいものを作るわね!」

　二人は居間・食室に戻った。エリシュカは冷蔵庫から硝子瓶を取り出した。中身は甘橙の搾汁(オレンジジュース)である。それを麦酒の硝子杯(ビールグラス)にいれ、オタカルに渡した。
「映像機(テレビ)でも観る?」
「いや、裁縫機械(ミシン)の性能を知りたいんだ」
「じゃあ、食事ができたら呼ぶわね」
「うん、わかった」

　オタカルは甘橙の搾汁(オレンジジュース)を一気に飲みほすと、再び屋根裏部屋に上がっていった。レンカがオタカルについていく。

　エリシュカはその光景を見て微笑みながら、台所の上棚から大きな硝子の広口瓶(ジャー)を取り出した。瓶の中身は、自家製の桜桃酒(さくらんぼ)であった。彼女は食器棚から香草酒(リキュール)の硝子杯(グラス)を取り出し、酒を注ぐ。最後に、その硝子杯(グラス)に一粒の桜桃(さくらんぼ)の実をいれた。

　エリシュカは、桜桃酒(さくらんぼ)を飲んだ。毎日のことだが、この一杯で一日の疲れが和らぐのは、実に不思議なことだと思った。

　二十分後。すでにレンカが美味しそうな匂いに釣られて下りてきていた。
「夕飯できたわよ！　さあ、食べましょう！」
「やった！　今行くよ！」
　オタカルは、裁縫機械(ミシン)いじりを中断し、急いで梯子を下りてきた。

　食卓の上には、三日月焼捏(ロブリーク)、腸詰肉(ソーセージ)、揚洋芋(フライドポテト)、山型焼菓子(バーボフカ)、温泉水が並べられていた。
　レンカは、いつもの猫用の健康餌(キャットフード)であった。彼女の餌は食卓の下に置かれた。
　エリシュカとオタカルは食事をしながら、いろいろな話をした。楽しい一時であったが、エリシュカはこれから仕事があるため、そうゆっくりもできなかった。
　エリシュカの仕事は、巨大麦酒(ビール)工場の夜間清掃員であった。操り人形師の仕事があるため、短時間労働者(パートタイマー)として雇われている。
　エリシュカの仕事場に行くには、まずこの家から徒歩十五分ほどの中央駅に行く。そこで列車に乗って、二つ先の駅で下車する。その駅から徒歩十分ぐらいのところに仕事場がある。
　彼女は週三日の隔日勤務が普通であった。勤務時間は開始が二十一時で、終業が朝六時である。
　そのため、夜勤明けの日は一度家に戻り、だいたい朝八時に寝て正午に起床して、十三時から日暮れ近くまでアロイス橋で人形劇を公演していた。

　エリシュカの出勤時間となった。
「じゃあ、行ってくるわね」
「うん、気をつけてね」
「留守番、よろしくね」
「わかった。でも本当に駅まで送らなくていいの？」
「ええ。私もあなたみたいに、一人で歩きながら思索することが好きなの。大丈夫よ、オタカル。あなたは自分の時間を大切に」

　エリシュカはレンカの頭を優しくなでたあと、玄関の扉を開けた。
「そうそう、台所の上棚の中に甘麦餅(コラーナ)があるから、食べていいわよ。桜桃酒(さくらんぼ)の隣にあるわ。でも、レンカにはばれないようにね」

　エリシュカは仕事に行った。オタカルは、彼女が見えなくなるまで玄関で見送った。

　オタカルは家の中に戻り、レンカと一緒に屋根裏部屋に上がった。そして寝台(ベッド)で横になり、天窓から夜空を眺めた。

「星がきれいだ。こうやって落ち着いて星を眺められるなんて思ってもみなかった。……とても幸せだ」

 オタカルはこの〈星の部屋〉で、夢想の世界に没入できることを確信した。だが今日は、マジェンカに行く気はなかった。少年は〈星の伝言者〉の服のことで頭がいっぱいだったのだ。

 オタカルは寝台(ベッド)から起き上がり、脇机(サイドテーブル)の前に移動した。腰掛け(スツール)に座り、裁縫作業に専念する。

 黒猫レンカは、作業に集中しているオタカルの膝の上でくつろいでいる。レンカの体温を感じながら、オタカルの作業は未明まで続いた……。

71

　エリシュカの家。〈星の部屋〉。

　オタカルは起床する。彼の隣で、黒猫レンカが気持ちよさそうに寝ていた。

　〈星の伝言者〉の外衣(ヒマティオン)は完成していた。オタカルは背囊(リュックサック)を背負い、その出来たての古式の服を持って屋根裏部屋から下りた。レンカが起きて、彼の後をついていく。

　オタカルはエリシュカの部屋の作業台の上に、新しい人形服を置いた。

「さあ、これから学校だ。行ってくるよ、レンカ」

　黒猫は眠そうな表情を浮かべていた。少年は黒猫に、『星の断片的伝言』の詩の一節を引用した。

「私には他の大地の展開を刺激する使命がある」

　黒猫は大きなあくびをした。

72

　数日後の朝。中央駅近くの街道。

　エリシュカとオタカルは朝市にいた。そこは四百年の歴史を持つ青空市場。

　エリシュカとオタカルは、今日は休み。二人は思いっきり、一日を楽しむことにした。

　市場、蚤の市、丘の公園、古本屋、古着屋へ。思い出を作り、新しい着想を得るために。

73

両側に街路樹が並ぶ青空市場。
そこは多くの人で賑わう。
新鮮な果物、野菜、肉、魚、花。
そして、人々の溌剌(はつらつ)とした笑顔。
誰もが、清新(せいしん)な気持ちになれる場所。

74

郊外の蚤の市。

喜ばしき混沌。

怪しい物もあれば、掘り出し物も。

個人の品物、工場や軍の払い下げ品、

ひょっとすると盗品物まで、ここでは何でもござれ。

全ての物が胸を張る、誰かに必要とされてきたことに。

75

旧市街地区の丘の公園。

降り注ぐ暖かい太陽の光。

正午の鐘が鳴り響く。

青空のもとで昼食を。

屋台で買いましょう、黒麦焼捏(ライ麦パン)。

何もつけずに食べましょう。

屋台で買いましょう、腸詰肉(ソーセージ)。

西洋山葵(ホースラディッシュ)つけましょう。

公園は笑顔そのもの。

そこは笑顔で溢れているから。

笑顔がこの町の平和を一望する。

76

旧市街地区の古本屋。
歴史の一端を担う店。
時代を越えて集まった、
世界中の人たちが紡いだ物語。
人から人へと刺激する、
物語によって生まれる夢と絆。

77

旧市街地区の古着屋。
時代に流れて、ここに至る。
様々な服が主張し合う。
全ての服は自信をもつ。
人は生きるために服を着る。
人は生きるためにおしゃれする。

78

　夕日の輝きが古の小道を包む。細い石畳の道に二人の影が射す。エリシュカとオタカルである。二人は歩きながら、何かについて熱く語り合っていた。

　やがて二人は家に着く。これから、市場で買った食材で料理を作るだろう。そして、その新鮮な味を楽しむだろう。ただし、レンカはいつもの猫用の健康餌（キャットフード）。

79

　数日後。夕方のアロイス橋。
　オタカルは自宅を出て、エリシュカのいる場所に向かっている。幸い今日も、父親に遭遇することはなかった。
　オタカルが橋を渡っていると、一人の警官が声をかけてきた。
「よう、オタカル」
「こんにちは、ソボトカさん！」
「元気か？」
「元気だよ。ソボトカさんは？」
「ああ、悪くない。お前の親父(おやじ)は相変わらずか？」
「うん、変わらないね。でも、僕は成長してるよ。この間、酔っぱらったお父さんが襲いかかってきたとき、僕は素早く逃げることができたんだ」
「そりゃあ、凄いな。そのうち、お前の方が腕っぷしが強くなる。そのときは、一発ぶちかましてやれ！」

　オタカルは苦笑いしながら首をふる。
「殴っても意味ないよ。あの人は一生あのままだろうから……。あの人は成長しない人だよ……」
「手厳しい発言だな。ある意味、殴るよりきついぞ！」
　カレルは笑いながら、オタカルの頭を優しくなでる。
「ん？　お前また少し背が伸びたな」
「本当に⁉」
「ああ、しっかり食べて、しっかり寝てるようだ」

　カレルはかがみ、オタカルの目線に合わせる。
「なあ、オタカル。大事な話があるんだ」
「うん、どうしたの？」
「男と男の話だ」
「わかった」
「……実はエリシュカのことなんだが」
「エリシュカのこと？」
「ああ。お前、エリシュカのことどう思う？」
「とても親切にしてくれる。とても大切な人だ。エリシュカとレンカは、僕の家族だと思ってるよ」

「そうか。最近、エリシュカは明るくなった。俺は学生のころからあいつのことを知っている。俺とエリシュカは同級生だからな。あいつは物静かな性格で、繊細なところがある。……学校を卒業して一週間後、あいつの最後の身内に不幸があり、天涯孤独となった。それ以来、あいつは塞ぎ込んでしまった。あいつはほとんど笑わなくなってしまった……」

「そうだったの……」

「だがな、お前と出会ってエリシュカは変わった。今、あいつは心から楽しそうだ。お前のおかげだ、オタカル」

「僕が？」

「ああ、お前には本当に感謝してる。ありがとうな！」

「そんな……」

「今、エリシュカはとても解放的に生きている。俺はそれが嬉しいんだ」

「エリシュカが幸せなら僕も嬉しい。それにソボトカさん、僕もエリシュカといると本当に楽しいんだ！ 感謝したいのは僕の方だよ」

　カレルは笑顔で大きく頷く。
「オタカル、お前は立派な男だ。だから、今ここで男と男の約束をしよう」
「……うん」
「エリシュカの人生を、いや、エリシュカの物語を、幸せな物語にしてやってくれ！ お前ならそれができる！」
「……わかった。約束するよ、ソボトカさん！」
「よし！ エリシュカを頼んだぞ！」
　カレルとオタカルは握手を交わす。
「それと、この話は二人だけの秘密だ、いいな？」
「わかった。それじゃあ、また明日！」
　エリシュカのもとに急いで向かうオタカルの背中を、カレルは見送った。

80

「男と男の約束」の一時間前。アロイス橋。
　エリシュカは折り畳み腰掛け(スツール)から立ち上がり、大きな声で橋を歩いている人たちにこう知らせた。
「さあ、これから詩的人形劇がはじまるよ!」
　すぐにエリシュカのもとに五人の男女が集まった。
　三脚型黒板には次の表題が書かれていた。

『想像賛美の詩』

物語・脚本　　　エリシュカ

人形・美術　　　エリシュカ

人形服　　　　　オタカル

登場人物

想像の賛美者(エリシュカ操作)

　背景画は、無数の光が輝く空間。

　下手から、利口そうな少年が登場。どことなく、オタカルに似ている。その少年が「想像の賛美者」である。

　想像の賛美者、舞台の中央に移動。

　想像の賛美者、深く一礼したあと、周囲を見る。

　想像の賛美者、両手を広げてゆっくりと詩を詠む。

［想像の賛美者の詩］

　想像は、不屈の冒険者。

　想像は、無敵の冒険者。

　想像は、詩神(ムーサ)によって選ばれた。

　想像は、着想によって構想を展開させる。

　想像は、独自に宇宙の劫波(アイオーン)を表現する。

　想像は、特に未踏の地を愛する。

　想像は、大胆不敵である。

　想像は、時にはその性格が悩みの種となる。

　想像は、混乱や毀損をもたらすこともある。

　想像は、それでも皆から愛される。

　想像は、大宇宙からその業(わざ)を求め続けられる。

　想像は、今日も小宇宙のどこかで冒険に挑む。

想像は、不屈の冒険者。

想像は、無敵の冒険者。

——終幕——

81

　観客たちはエリシュカの独特な短編人形劇に面食らったようだが、何かしらの刺激が得られたのだろう。五人のうち三人が、彼女の錻力箱(ブリキ)に小銭をいれた。

　エリシュカは観客たちに笑顔で会釈した。すると、小銭をいれた女性の観客の一人が振り返り、操り人形師に「良い想像の日を！」と言って去っていった。

82

　数日後の夕方。エリシュカの家。

　エリシュカとオタカルは食卓を囲んでいた。これから夕食のようだ。今日は、洋芋の練焼、野菜温汁（スープ）、藍苺（ブルーベリー）入りの酪乳（ヨーグルト）であった。

　エリシュカは自分の勤め先の工場で製造された麦酒（ビール）を、オタカルは自分で作った濃厚な蕃茄（トマトジュース）の搾汁を飲む。

　二人は食事をしながら、新作のことを話し合っている。今回はオタカルたっての願いで、大衆向けの、いや、アロイス橋を渡る人たちに相応しい人形劇を作る予定であった。

　エリシュカはオタカルに新作の筋書を伝え、さらにその新作に登場する人形たちの服の下描きを見せた。

　ところが、これを契機に口論がはじまった。その原因は、やはりオタカルの歯に着せぬ物言いだった。具体的には、彼女が描いた人形服の図案を、野暮ったい、洗練されていない、花柄が多いなどと酷評したためであった。

　だがその口論は割とすぐに鎮火に向かった。口論がおさまったあとは、お互いがなすべきことをなしていった。
　エリシュカはより面白い物語を紡ぐことに努め、オタカルは人形の服を構想し直すことになるが、より飾り気なく、より洗練した、より落ち着いた外形と風格になるように努めた。
　今日はエリシュカの麦酒(ビール)工場の仕事が休みだった。そのため、二人は時間を気にすることなく共同作業に集中できた。制作は難航したが、しかし二人にとっては幸せな時間であった……。

83

　創作家は、独自に構想を展開する。

創作家は、独自に創造的連鎖展開性の表現を表現する。

自己の本性的傾向性の関心のまま、なすべきことをなせ。

84

　二週間後。午後のアロイス橋。

　昨日、エリシュカとオタカルの新作人形劇が完成した。明日はこの橋の上で、その新作を初公演する予定である。

　二人は明日の行事の告知にはげんでいる。オタカルは、旧市街寄りの橋のたもとで告知のちらしを配っていた。

　エリシュカは、表現を許可されたいつもの場所で通行人たちにちらしを配っている。すると、一人の警官が彼女のところにやってきた。
「よう。今日は劇もやらずに、ちらし配りですかい？」
「カレル、邪魔するなら警察呼ぶわよ」
　カレルは、皮肉めいた笑みでこう返した。
「そりゃあ、困るね。お詫びに少しだけ手伝ってやるから、それで許してもらおうか」
　カレルも参加したことで、エリシュカが手に持っているちらしは、どんどんなくなっていった。

　二十分後。エリシュカのもとにオタカルが戻ってきた。すでに、カレルはいなかった。
「お疲れさま、オタカル。全部配ったわね？」
「もちろんだよ。エリシュカは？」
「大丈夫よ、カレルも手伝ってくれたわ」
「ソボトカさんも？　そっか！」

「二人とも、精がでるな」
　ペトルが二人のもとにやってきた。
「ペトルさん、こんにちは！」
「オタカル、楽しそうでなによりだ！」
　ペトルはオタカルの頭を優しくなでた。
　エリシュカとオタカルは、ペトルにちらしを見せ、明日の新作劇初公演のことを話した。
「それは素晴らしい！　明日は特別な日になるな。うむ、一生の記念になる」
　エリシュカとオタカルは頷いた。
「もし二人がよければ、明日の上演は私も参加したいのだが、いかがだろうか？」

「本当に? もちろん大歓迎よ、ペトル!」
　エリシュカは、ペトルの手を取ってそう答えた。
「やった! ペトルさんと一緒に人形劇ができる!」
　オタカルはペトルに飛びつき、しばらく離れなかった。
　ペトルは二人にこう言った。
「世界は絶えず流れている。流動する世界の中で、一つの思い出を作ろう。一つの思い出を永久に共有しよう」

85

　翌日。新作劇の初公演日。晴天の下のアロイス橋。
　エリシュカとカレルが話をしている。
「おい、エリシュカ。今日の人形劇は共同作業なんだろ？ 大丈夫か？ お前そういうの慣れてないだろ？」
「大丈夫よ、カレル。何度も練習したわ。それに、私には小さな哲学者がついてるわ。劇の流れを、世界の流れのように瞬時に読んでくれるはず」
「それで、その小さな哲学者様はどちらに？」
「緊張して、手洗い(トイレ)にこもってるわ。これで三回目よ……」

86

　エリシュカたちの新作人形劇の上演時間となった。エリシュカ、オタカル、ペトルがいる場所に、十三人の観客とカレルが開幕を待っていた。

　エリシュカとペトルの準備ができた。オタカルがそれに続く。オタカルはエリシュカに頷いた。それを確認したエリシュカが、ペトルに合図を送る。

　ペトルの手回し自動演奏器(オルガン)から幻想的な音楽が流れ出た。観客たちは美しい音色に酔いしれる。

　この曲はペトルが作ったものだが、これを公で披露するのは初めてであった。ペトルにとっての〈そのとき〉が来たとき、この曲を弾こうと決めていたからである。そして、今が〈そのとき〉だったのだ。

87

　エリシュカ、オタカル、ペトルによる人形劇の幕が上がった。
　三脚型黒板には次の表題が書かれていた。

『小さな天使』

物語・脚本　　　エリシュカ

人形・美術　　　エリシュカ

人形服　　　　　オタカル

演奏・作曲　　　ペトル

登場人物

兎のカミラ／天使カミラ（エリシュカ操作）

悪魔ロベルト（オタカル操作）

フランティシェク・チャペック（エリシュカ操作）

語り手（エリシュカ）

第一幕

背景は黒布。
幻想的な音楽は継続。

下手から、兎(うさぎ)のカミラが登場。
カミラ、舞台の中央に移動。
カミラ、舞台の中央の床で寝る。
カミラ、寝ながら歌う（両手は動く）。

[兎(うさぎ)のカミラの歌]
幸せな夢を見たい、いつまでも
幸せな夢を思い通りにできるなら、
どれだけ素晴らしいことだろう

喜びの日を伝えたい、全てに
喜びの日を分け与えられるなら、
どれだけ素晴らしいことだろう

愛のために生きてみたい、真剣に
充実した愛の一生を送れたなら、
どれだけ素晴らしいことだろう

暗転幕

第二幕

背景画は、フランティシェクの部屋。
哀しい音楽が流れる（曲変更）。
フランティシェク・チャペックが寝台(ベッド)で死んでいる。
悪魔ロベルトは、フランティシェクが横たわる寝台(ベッド)に座り、彼の死体を愛おしそうに触っている。

［悪魔ロベルトの歌］
死にゆくものが、死ぬ運命であるがゆえに死んだ
滅びるものが、滅びる運命であるがゆえに滅んだ

死ぬために生まれてきたか、我が人間の友よ
死ぬために生きたのか、我が人間の友よ

死にゆくものが、死ぬ運命であるがゆえに死んだ
滅びるものが、滅びる運命であるがゆえに滅んだ

心優しき親友の魂は、まだここに
心優しき親友の魂は、僕のもとに

僕は悪魔
醜い大鴉の頭部をもつ悪魔

だが、悲しみに打ちひしがれる
そう、僕は君の死を嘆く

僕は悪魔
醜い大鴉の頭部をもつ悪魔

だから、僕は天国に行けない
だけど、君の魂はそこに行ける

君は大切な人と引き裂かれた
君の大切な人は君の魂を抱く

僕は君と離れたくない
僕は永遠に君の魂の側に

　悪魔ロベルトの歌が終わると、曲が止まる。
　下手から、兎のカミラが登場。
　悪魔ロベルトが立ち上がる。

カミラ　悪魔め！

ロベルト　そうだよ、僕は悪魔だ。

カミラ　フランティシェクを殺した悪魔め！

ロベルト　僕は殺していない。これが運命だったんだ。

カミラ　彼は私の親友だったのに！

ロベルト　僕の親友でもあった。

カミラ　私はずっと彼と一緒にいたかった！

ロベルト　僕はずっと彼と一緒だよ。

カミラ　フランティシェク・チャペックは死んだ！

ロベルト　それは事実だ。だけど、魂はまだここにある。それもまた事実だ。

カミラ　彼の魂をどうするつもりだ？　彼の魂を地獄にもっていくつもりか？　そんなことは絶対にさせない！　お前だけ地獄に帰れ！

ロベルト　めっそうもない、カミラ！　悪魔が皆、そうするとでも思ったかい？　僕は親友の魂を、あんなうるさい場所に送ることなんかしないさ！　僕は彼の魂をここにいつまでも置いときたいんだ。僕は永遠に彼と一緒にいたいんだ。僕は彼のことが大好きなんだ！

カミラ　私はお前のことが大っ嫌いだ！

ロベルト　そう。だったらもう、二人きりにしてくれよ。

カミラ　お前は私とフランティシェクの仲を引き裂いた！　私と彼はとても仲良しだったのに！　お互いが、お互いを必要としていた！　お互いがなくてはならない存在だったのに！　だけど、お前がやってきて、私たちの仲を引き裂いた。姑息(こそく)な手でね！　彼に何か嘘を言って、彼を貶(おとし)めたんだ！

ロベルト　証拠はあるのかい？　僕は一度も嘘を言ったことがないよ。

カミラ　フランティシェクは、お前を信用したんだ！　絶対に許せない！

ロベルト　おやおや、嫉妬かい？　何て見苦しい兎(うさぎ)なんだ。

カミラ　嫉妬だって？　嫉妬したのはそっちだろ！　お前が私と彼との友情に嫉妬したんだろ！

ロベルト　それは誤解だよ。君たちは友情で結ばれていたんじゃない。

カミラ　なんだって!

ロベルト　君たちは、お互いに依存し合っていただけさ。

カミラ　お前はどこまで侮辱すれば気がすむんだ!　友の名誉のために私は戦うぞ!　お前に決闘を申し込む!

ロベルト　まあ待ってくれ、僕は暴力が嫌いだ。いいかい?　素直に僕の話を聞いてくれ。君たち二人には共通した生への印象と態度がある。君たちにとって、生きることは虚しいことだ。そして、君たちは生きる淋しさに負けて、お互いを必要とした。君たちの友情は偽りだ。依存から、友情は決して生まれない。

カミラ　私とフランティシェクとの間に友情はなかった?　私たちは淋しさを慰めるために、ただ依存し合っていただけ……。

ロベルト　それが事実かどうか、自分の胸に聞いてみな。

　カミラ　……。

　兎のカミラ、しばらく無言。
　悪魔ロベルト、フランティシェクの死体を触りながら、カミラの言葉を待つ。
　だが、カミラは部屋を飛び出す。
　カミラ、下手から退場。
　再び、哀しい音楽が流れる。

　[悪魔ロベルトの歌]
　誰もが嫉妬する
　誰もが依存する
　悪魔も、人間も

　誰もが嫉妬する
　誰もが依存する
　天上に選ばれし者に

　暗転幕

第三幕

　背景画は、満月が輝く夜のアロイス橋。
　演奏なし。
　兎のカミラ、下手から中央に移動(元気なく歩く)。
そして、中央で立ち止まる。

カミラ　私たち……いや、少なくとも私は、フランティシェクに依存していた……。あの悪魔が言ったように、それは事実かもしれない。いや、そのことを認めるべきだ……。全ては認識からはじまるならば。だけど、私の内にはフランティシェクに対する友愛と敬意が秘められている。それは間違いない。それは偽物ではない。

　カミラ、(下手の方を)振り返る。

カミラ フランティシェクよ、安らかに。あなたの魂があの醜い悪魔から解放されることを願う。ああ、聖なる天上の主よ、フランティシェク・チャペックの魂をお救いください！ 彼の魂が救われるなら、私の魂を差し上げます。どうか彼をお救いください！

すると、兎(うさぎ)のカミラの体に異変が起きた！ カミラの体がゆっくりと浮きはじめた！
しばらく浮いたあと、カミラの体は地面に戻る。
そして、カミラは倒れる。そのあと全く動かなくなる。
ところが、上から美しい天使がゆっくり下りてきた！
その天使はこう言った。

カミラ 私はカミラ。私は兎(うさぎ)ではなかった。私は天使だった！ 私は今もフランティシェク・チャペックを心から愛する天使カミラ。ならば、聖なる使命を果たそう。さあ、さあさあ、彼の魂を救わなければならない！ 魂の行くべきところへ！

暗転幕

第四幕

　背景画は、フランティシェクの部屋。
　演奏なし。
　悪魔ロベルトは、あいかわらずフランティシェク・チャペックの死体を愛おしそうに触っている。
　ロベルト、立ち上がる。

ロベルト　私は勝利した！　私は不和をもたらした！

　すると、どこからか声が聞こえた。

カミラ　（姿はまだ見えない）私が勝利する！　私が調和をもたらす！

ロベルト　何者だ！　んっ、天上の臭いがする！　とても嫌な臭いが！　卑怯だぞ、姿を現せ！

　悪魔ロベルト、周囲を落ち着きなく見回している。
　天使カミラ、舞台の上から登場。

ロベルト　天使め！　ただの使い走りめ！　この魂は渡さないぞ！　僕とフランティシェクは依存し合っている。この相互依存は契約だ！　君の好きにはさせないぞ！

カミラ　悪魔め！　この天使カミラは、お前の醜い行為を知ってるぞ！

ロベルト　カミラだと!?　あの惨めな兎(うさぎ)の!?　君の正体は、天使だったのか!?

カミラ　天使であることを思い出したんだ。無償の愛が私の内にあったのだ。この愛は私に、私の本性(ほんしょう)を思い出させてくれた！

ロベルト　ぷっ、無償の愛だって！　臆面もなく、よく言えるね、そんな台詞。

カミラ　悪魔の契約は破棄された。フランティシェクの魂は、無償の愛に応えた。彼の魂は、ここに留まることを拒否した。彼の魂は帰天[2]を望んでいる。

ロベルト　なんだって!?　そんなことは許さない！

カミラ　悪魔ロベルトよ、天上の命により、お前に罰を与える。お前は一生この世界で、独り寂しく生きていくのだ。

ロベルト　そんなの嫌だ！　助けてカミラ！　天使様！　そんな寂しい毎日は嫌だよ！

　ロベルト、絶望する。
　幻想的な音楽が流れる。

2　召天

　天使カミラは、フランティシェクの死体を持ち上げる。そして、ゆっくりと天に昇っていく。

　(退場)

［語り］

　かくして、小さな天使の愛によって、フランティシェク・チャペックの魂は救われた。

　―終幕―

88

　気づけば、観客は二十人を超えていた。エリシュカにとって、これだけ多くの人に観てもらうことははじめてであった。観客たちからの惜しみない拍手が、エリシュカ、オタカル、ペトルに送られた。

　新作人形劇は成功したと言える。なにより、エリシュカとオタカルが確かな手応えを感じているからだ。そして、二人はこの仕事の素晴らしさ、楽しさ、奥深さを実感していた。

89

　その日の夕方。同じく、アロイス橋。

　エリシュカとオタカルは、夕日に輝くエステル川と空を眺めている。美しい川と雲の流れは、世界が絶えず流転していることを証明した。

　橋からの絶景に心奪われるエリシュカに、オタカルが何か言った。そのあと、オタカルは笑いながら逃げていく。エリシュカも笑顔で、オタカルを追いかけていった。

　その二人のやりとりは、この橋を中心とした全景をより輝かしく彩った。

90

誰しも自分の世界がある。

滅びることなき夢想の世界。

ある人は、その世界を「新世界(ノヴィー・スヴェット)」と呼んだ。

また、ある人は「小世界(マリィ・スヴェット)」と呼んだ。

また、ある人は「マジェンカ」と呼んだ。

また、ある人は……

91

　僕の名前はオタカル。僕には僕だけの世界がある。その世界の名は〈マジェンカ〉。

　これから僕は、マジェンカの《大地に愛されし大統領》の話をしなければならない。でも僕はかい摘んで語るだけにとどめたい。僕はあのときのことを丁寧に説明したくないんだ。自分が名誉を授かったことを誇りたくないからだ。僕は野心家ではない。ああ、この事実に感謝を。

　それでは語ろう。けれども直接僕の口からではなく、これまでのように、あなたが読んでいる物語の創造者を通じて……。

92

　現実の世界。夜、エリシュカの家。〈星の部屋〉。
　輝く星の下、黒猫レンカは夢の中。すやすや。

　オタカルはその部屋の寝台(ベッド)に腰掛けて、マジェンカの世界を想像した。彼だけの世界が一瞬で具象化された。オタカルはマジェンカに円滑に進入できた。
　ところが、そのときのマジェンカの入口は大地の中であった。彼は真っ暗な地中を掘って進むことになった。
　しばらく這っていると、小さな空洞につながった。そこには一本の綱(ロープ)があるだけだった。誰がその綱(ロープ)を用意したか、彼にはわかっていた。そう、オタカルの親友ヴラチスラフである。
　オタカルは綱をしっかりと握る。すると、綱(ロープ)は自動的に彼を引き上げていった。やがて、オタカルは地上に出ることができた。

　けれどもまだ、綱(ロープ)は動き続けている。地上から上空へ。オタカルは綱(ロープ)に導かれるがまま、熱気球の乗船籠(ゴンドラ)に到着した。そこには〈飛行の魔術師〉が笑顔で待っていた。
「ヴラチスラフ、ありがとう!」
「それはこちらの台詞だ! マジェンカに遊びに来てくれたのだからな! オタカル、我が最高の友よ!」
「久しぶりだね、本当に会いたかったよ!」
「もうこの世界のことを忘れたのかと思ったよ」
「どうしたの? 今日はなんだかおかしいよ」
「みんなそうなるんだ……。みんな大人になるにつれて、自分だけの夢想の世界を忘れていくんだ……」
「……どうして大人になると、自分の世界を忘れるの?」
「心を限定するからだよ」
「限定……」

　オタカルは寂しい表情を浮かべているヴラチスラフに、別の話をしてみた。
「……そういえば先日、あなたは〈閉じられた思考〉は創作に悪い影響をもたらす、って話してたよね? それについて要約してほしいな」

　ヴラチスラフは頷いたあと、ゆっくりと語った。
「〈閉じられた思考〉は、創作活動に確実に邪魔になる。広大な空間で狭く佇む求心的・閉鎖的な思考は、自らの周囲を城塞化・防衛化するため、人間の作りし基準や常識を超越した遠心的・開放的な展開と連結できないのだ」
「つまり自分の心に砦を建造し、そこに引きこもっていると、永遠の諸価値を得ることができないんだね？」
「そういうことだ。〈開かれた思考〉によって、世界のあらゆるもの、あらゆることから永遠の真理を探すのだ。現実の世界であれ、夢想の世界であれ、とにかく世界には全ての着想の起源が存在するのだから」
「うん、わかった。僕は真理を探し続けるよ」

「ところで、今日が何の日か、わかってるな？」
「もちろんだよ、真理に誓って」

93

　現実の世界で『小さな天使』が初公演された日から数日後。そのときに想像されたマジェンカの世界。
　オタカルの店。オタカルとその友人ヴラチスラフは、加密列茶(カモミールティー)と会話を楽しんでいた。すると、一台の要人高級車が店の前に停車した。すぐに、二人の屈強そうな身辺警護官が車から出てきた。
「そのあと、どっかのお偉いさんが出てくるんだね……」
　オタカルは要人があまり好きではなかった。ヴラチスラフは、オタカルの表情を見てにやにやしていた。
　品格のある初老の男が車から出てきた。外見や雰囲気から判断すると、クルムロフ王室特別区の出身者のようだが。その男は、二人の警護官に護られつつ、一人の忠実そうな執事を従えて店に入ってきた。
　さっそく、初老の男がオタカルに挨拶した。オタカルはびっくりした。なんと、彼はこの国の大統領だったのだ！

　大統領は、オタカルにソヴールの歌手の一式麗装(ドレス)を見て感動したことを力説した。

　そのあと、オタカルに年に一度の国民演説に着るための背広(スーツ)一式の仕立てを依頼する。今回の演説は、彼の名を歴史に残すためにどうしても成功させなければならないものであった。

　意外にも、オタカルはその注文を受けた。大統領の心に純粋なものがあるように思えたからだ。それに、成熟した大人としての魅力が十分にあった。彼の紳士的な心持ちと振る舞いに敬意を払って、この仕事を引き受けた。

94

　数週間後のマジェンカ。現実の世界では数分後。

　オタカルの店。大統領の背広一式(スーツ)は完成していた。オタカルは全力を尽くした。

　店ではすでに大統領と三人の側近が椅子に座っている。ヴラチスラフはいない。オタカルは奥の保管室に行き、背広一式(スーツ)を取り出し、店に戻ってきた。

　オタカルは、大統領にその背広一式(スーツ)を渡す。大統領と側近たちは、その完成度に心から感動した。彼らが称賛の意を表そうとしたが、オタカルはそれを丁寧に遮って、背広一式(スーツ)の能力とその引き出し方を説明した。大統領と側近たちは、背広一式(スーツ)の秘められた力に驚愕した。

95

　そして、国民演説当日。

　国民の拍手喝采は、しばらく止むことがなかった。

　今、オタカルが仕立てた背広一式(スーツ)を着た大統領の演説が終わったのだ。演説は大成功であった。

　今日のそれは、この国で最も価値ある演説として伝えられることだろう。大統領の演説が見事であることは言うまでもないが、やはりオタカルの背広一式(スーツ)が決め手となった。彼が作ったのは、〈大地の背広一式(スーツ)〉である。

　以下は、奇跡が起きる直前の大統領の演説である。
「この国は生命を尊重する。この国の生命ある者は、他の生命ある者たちを大切な宝として尊重する。ところで、この国の大地は、より善く活動している。大地もまた生きている。大地もまた生命あるものだ。大地は常に、より善く生命を育んでいる。さあ、〈大地の鼓動を！〉」

　大統領の着ている〈大地の背広一式〉が一瞬輝いた！ すると、演説を聴きに訪れている人々だけでなく、全国民が自身と他の人々の生命、そして大地の生命の鼓動を確かに実感した！　全国民が無数の生命の鼓動をさとったのだ！　国民にとって、この瞬間は奇跡以外の何ものでもなかった。

　オタカルいわく、人間は目に見えないものを否定しがちである。生命は見えないものである。人間は自分以外の生命の価値を軽視しがちである。生命を実際に感じることで、生命を尊ぶ。彼はそこに目をつけたのだ。

　今日、国民は一つの奇跡を共有した。国民は生命の鼓動を感じ合った。生命の鼓動を共感した国民は、より強い連帯感を生んだ。現大統領は、国民の生命の絆を強めることに成功したのであった。

　後に、彼は《大地に愛されし大統領》として、歴史に名を刻むことになる。

　かくして、オタカルはその功績が認められ、国民芸術勲章を授与された。

96

「ところで、今日が何の日か、わかってるな？」
「もちろんだよ、真理に誓って」

　今日は、《国民芸術勲章》授与式の日。
　オタカルとヴラチスラフは気球に乗って、大統領官邸に向かっている。しばらく風光明媚な飛行を楽しむ二人。やがて前方に、大統領官邸が薄っすらと見えてきた。
「誰よりも最初に言わせてくれ。《国民芸術勲章》の受章おめでとう、オタカル！」
「ありがとう、ヴラチスラフ」
「……お前が大衆による名誉に興味がないのは知っている。だがこの国の人々は誰でもない、お前にその勲章を贈るのだ。この部分だけは、素直に受け取ってほしい」
「わかってる。開かれた思考のままに」
「よろしい、ではこのまま大領領官邸に向かおう」

97

真の創作家は、わずかだけ。

創作の本道を歩む者、

汝は求道する、永遠の夢を追う。

一心に、我が道をゆけ。

98

　前方に大統領官邸が鮮明に見えてきた。荘厳な建物だ。大統領が広場の演説台で待機しているのを確認できる。
　すでに多くの人がオタカルを一目見るために訪れていた。官邸の外にも歩ける場所を見つけることが困難なほど、人が集まっている。また、映像機や無線放送機、新聞、雑誌などの報道記者も多くいるようだ。いまや人々は、オタカルを乗せた熱気球に注目していた。

　オタカルは無口であった。
　ヴラチスラフは、彼にこう言った。
「実はこれから隣の国に用事があってな」
「へえ、どんな？」
「自然景観保護区の木造教会の近くで、葡萄酒の酒宴がある。それに招かれたんだ。橅の原生林の中での催し物だ。雄大な自然を堪能できる。美味しい食事もある。それに新鮮で濃厚な葡萄の搾汁もあるぞ。どうだ、一緒に行くかね？」

「うん、行きたいよ!」
「よし、では行こう!」

　気球は大統領官邸から離れていった。観客たちはそれでもオタカルが戻ってくるのではないかと待ったが、けっきょく彼を乗せた気球は遠くに消えていってしまった。
　観客たちがざわつく。そんな状況のなか、大統領は全国民に向けてこう語った。
「これで、今年の《国民芸術勲章》授与式を閉式します」
　当然ながら、観客たちの不満のどよめきはおさまらない。だがそれに構わず、大統領は話を続けた。

彼に称賛を!
彼は野心から遠ざかり、孤高を求める。
彼は全てを知的に愛する求道者、夢追い人。
彼は自然から恩恵を授かっている。
その恩恵とは普遍の創造力のことである。
彼は世界の普遍なる深遠性・深淵性に挑む。

やがて、彼は覚醒するだろう。
彼は生成消滅の絶え間なき連続展開を突き抜け、
永遠無限なる根源愛を観取(かんしゅ)するだろう。
私はそのことを確信する。
彼こそ、我が国の真の友である。
彼こそ、我が国の真の宝である。
彼に称賛を！

　国民の感情は一転した。国民の歓声が大空に響き渡った。この国はオタカルの自由な態度を認めたのだ。
　本日の主役が欠席のなか、大統領による受章者への賛辞はしばらく続いた……。

「大統領は、お前が欠席することを知っていたかもな」
「……僕、悪いことしたかな？」
「……お前は自分の道を歩いているだけだ。これからも、自分が正しいと思った道を歩いてゆけ。開かれた思考によって、自分の道を歩いてゆけ。お前の道は、お前だけしか歩けないのだから」

99

〈夢追い人〉による純粋な夢想の世界。

そこは野放図に、無辺際に、理想的に想像される。

100

　現実の世界。夜、エリシュカの家。〈星の部屋〉。
　オタカルは寝台(ベッド)に寝転がって、天窓から星を眺めていた。黒猫レンカは少年の隣で熟睡している。
「今日も星がよく見える……。彼に会いたいな……」
　オタカルは、マジェンカの魂の友ヴラチスラフが恋しかった。オタカルの店の近くの広い空き地で、彼と一緒に星を眺めていたことを思い出す。
「オタカルよ、魂と魂は結びつく。全ての魂は、大いなる魂によって統合されている。《全ては一つ》の魂は、宇宙に遍在している。あの輝く星々も全て、不滅の魂を宿している。私たちは魂でつながっているのだ」

「うん！　今から魂の友に会いに行こう！」

101

世界の魂(アニマ・ムンディ)の物語。

すなわち、理想の物語。

いつでも、その物語を想像せよ。

いつでも、理想の物語は……

102

　オタカルは、いつものように夢想の世界に集中した。彼の精神に自分だけの世界が表象されはじめた。
　いまや全貌を現したオタカルだけの世界〈マジェンカ〉。すでに彼の意識は、その世界の中にあった。
　オタカルの視界には広大無辺な暗黒の空間が広がっている！　それもそのはず、彼は宇宙空間にいるのだから。
「今日のマジェンカの入口は宇宙か……」
　オタカルは宇宙服を着ていなかったが、特に深刻な事態に陥ることはなかった。宇宙を漂っているとしても、いつもと変わらない心身状態であった。それゆえ、オタカルはその空間を大いに楽しんだ。

　しばらく快適に宇宙空間を遊泳していると、一個の青い星を見つけた。
「……あれは、僕の店がある星だろうか？」
　少年とその青い星との距離は結構あるようだ。

「でも、なんとかなる。僕の想像は制限されない。僕の想像には無限の可能性がある。僕の想像は、ヴラチスラフの想像でもある。今、ヴラチスラフは想像しているだろう、彼自身が宇宙空間を熱気球で飛んでいることを。なぜなら、彼は〈飛行の魔術師〉だから」

　その言葉通り、青い星の方から気球が飛んでくる。それも異常な速度で！　数分後には、オタカルのいるところに到着するだろう。

　マジェンカの〈飛行の魔術師〉を知る者が、宇宙空間を気球で飛ぶことに果たして疑問を抱くだろうか？
「ここは想像の世界。限定なき世界。僕の想像によって、この世界をより具体的にも、より神秘的にもすることができるのだから。そうだろう、ヴラチスラフ？」

　〈飛行の魔術師〉の気球が目の前に停まった。
「その通りだ、オタカル！」
「会いたかったよ、魂の友！」
「私もだ！　同じ理想を求める魂の友よ！」

　オタカルは、気球の乗船籠(ゴンドラ)に乗りこむ。少年を乗せた気球は、青い星に向けて素早く動き出した。
「あいかわらず、現実の世界が充実しているようだな」
「うん。忙しいけど、とても楽しいよ！」
「幸せそうだ。幸せは心の限定を遠ざける。お前が幸せなら、それでいい。お前が幸せなら、この世界の人々、いや、この世界そのものは幸せなんだ。だから、私はとても幸せだ！」
「あの青い星も幸せなの？」
「もちろんだ！　この宇宙の全てが幸せなんだ！」

103

「マジェンカは、お前の世界だ。お前の愛に溢れた世界だ。この世界の人々は、お前のことを心から愛している」

「僕もこの世界とみんなのことを愛してるよ！ ……今、ふと思ったんだけど、〈世界〉って何だろう？」

「うむ。世界とは表現のことだ」

「表現⁉ 誰の⁉」

「世界とは、〈創造されず、創造する自然〉によって創造表現された〈創造され、創造する自然〉のことだ。そして、〈創造されず、創造する自然〉とは、自己の本質のままに〈創造され、創造する自然〉を永遠無限に創造表現している唯一絶対の真理創造者あるいは真理本体のことだ。ようするに、それは最高完全者のことだ」

「……つまり、自然は唯一の〈創造されず、創造する自然〉と無数の〈創造され、創造する自然〉とに分けられ、そして〈創造されず、創造する自然〉の永遠無限の表現の一つとして、世界というものがあるんだね？」

「そう。世界の本質と存在は、最高完全者である〈創造されず、創造する自然〉によって創造表現された。世界の全ては〈創造され、創造する自然〉だから、もちろんお前も〈創造され、創造する自然〉だ。だがそれでも、私たちマジェンカの住人からすれば、お前は創造主なのだ。私たちは、お前によって創られた被造物だ。もう少し具体的に言えば、私たちマジェンカの住人は、唯一の〈創造されず、創造する自然〉によって間接的に、つまりオタカルという〈創造され、創造する自然〉を媒介して創造されたのだ」

「……ヴラチスラフ、話を続けてほしい。僕たちの星に着くまで、あなたの話を聴きたいんだ……」

「うむ。マジェンカの無限宇宙の実有を堪能しながら、〈創造〉についての話を継続しよう、我が主よ」

104

「世界は〈創造され、創造する自然〉だ。世界は真理創造者による関係変様としての展開的表現だ。世界は真理創造者の絶対的因果の内で、自己本性・自己原理に準じて外的対象と関係連結し、各々が独自に関係変様しながら表現展開する」

「万物は流転する……。宇宙では、全てが関係し合い、影響し合い、変化し合っているのか……」

「世界すなわち全宇宙は〈創造され、創造する自然〉だ。全宇宙は、拡大と縮小、増大と減少、隆盛と衰勢などを絶えず無数に繰り返しながら関係変様している」

「全宇宙?」

「宇宙は無数に存在しているのだ。全宇宙は無限循環する。一宇宙の一巡あるいは劫波(アイオーン)が終わっても、次世代の宇宙として再生する」

　オタカルは途方に暮れている。

「森羅万象である〈創造され、創造する自然〉は、各々の傾向のままに真理本体である〈創造されず、創造する自然〉の本質創造に基づき本質以外の何かを創造展開していく。このような創造世界を、つまり〈創造されず、創造する自然〉の本質的な創造活動・表現活動の一端である世界を、私たちは普遍的に、本質的に認識し、承認し、愛することで、必然的に世界の魂である理想の〈永遠性・無限性・不滅性〉と関係連結する。〈創造され、創造する自然〉に変様した〈創造されず、創造する自然〉の観念である理想の普遍的・本質的な創造性との普遍的・本質的な連結。お前は理想のままに、自由に、無限定に、自由を、無限定を創造していくのだ」

105

真理探求の創作家よ。
汝は〈理想に選ばれし者〉。
ゆえに、必然の大いなる表現の一つである。
真理創造者の世界化した観念すなわち理想に導かれ、
独自の純粋創造に全身全霊を注ぐことは本性的活動である。

106

　ヴラチスラフの気球は、オタカルを乗せて青い星に向かっている。ずいぶんと星が大きく見えてきた。
　オタカルは気球の乗船籠(ゴンドラ)から、何度も宇宙を眺めまわしている。
「宇宙は美しい……」
「うむ、宇宙は美しい。オタカルよ、お前はそんな宇宙の一部なのだ。お前は宇宙の一部として、こ̇の̇世̇界̇を夢想している。お前は選ばれているのだ。お前は宇宙の一部として、夢想を許されているのだ。一つの世界を理想のま̇ま̇に̇創造することを」

107

全ては美しい。

美しい大空、美しい大地、美しい大海、美しい生命……

全ては〈創造され、創造する自然〉。

全ては〈創造されず、創造する自然〉の創造表現。

全ては、それぞれ独自に何かを創造し続ける。

全ては、それぞれ独自に何かを表現し続ける。

108

　ヴラチスラフの気球は、超高速で大気圏に突入していた。だが、衝撃や熱を全く感じることはなかった。それもそのはず。オタカルがヴラチスラフの心を通じて、そのように想像しているからだ。

　創造のための想像。
　想像の力を信じよ。
　想像は魔法である。

　オタカルは青々とした大空を思い描いた。気球はいまや、この星の無辺際の大空を飛んでいる。オタカルとヴラチスラフは、その美しい蒼穹の様相を堪能した。

109

　夕日に染まる大空。気球はあてどもなく飛んでいる。
「……そろそろ現実に帰るよ、ヴラチスラフ」
「寂しくなるな、オタカル……」
「いつもは、そんなこと言わないじゃないか？」
「マジェンカは、いつでもお前を歓迎する。お前が大人になっても、この世界は変わらない。ここを創ったお前の想像力は、〈永遠性・無限性・不滅性〉を宿している。お前の無限定の想像が、この世界を創ったのだ。このことを忘れないでくれ。そして、お前は現実の世界でも、同じことができるはずだ。そうだろう、我が永遠の友よ？」
「うん！」
「よろしい！」
　それから二人は無言になった。〈飛行の魔術師〉は、想像の流れに身を任せて飛んでいる。オタカルはもう少しだけ、遊覧飛行を楽しんだ。

110

創造のための想像。

想像の力を信じよ。

想像は魔法である。

〈永遠・無限・不滅〉の想像を解放せよ。

無限定に世界を想像せよ、いつまでも……

111

　現実の世界。冬、「聖誕祭」当日。
　オタカルの住む町では雪が降っている。この町を特徴づける家々の赤い屋根は、ひとまずその姿を隠していた。銀世界と化した町のいたる所に、様々な形状の電飾(イルミネーション)が施されている。人々は今日という日を盛大に楽しんでいた。

　昼過ぎのアロイス橋。
　ここも多くの人たちで賑わっている。人混みをかき分けて進む一人の少年がいた。オタカルである。
　時々雪に足をとられていたが、彼の足どりは軽やかであった。学校が今日から冬休みに入ったからではない。エリシュカが早々に人形劇をきり上げて、自宅でごちそうを作っているからだ。
　食卓には、炙焼鳥(ローストチキン)、乾酪揚げ(チーズフライ)、鱒揚げ(マスのフライ)、鱒の網焼き(マスのグリル)、生姜人形菓子(ジンジャーブレッドマン)、発泡性葡萄酒(スパークリング・ワイン)、林檎炭酸水(アップル・ソーダウォーター)などが並べられていた。

　オタカルは背嚢(リュックサック)のなかに、茶色と赤色の紙袋を詰めていた。茶色の紙袋には、いくつかの松ぼっくりが入っている。少しずつ集めては、エリシュカの家に持ち込んでいた。今日もエリシュカと一緒に、〈星の部屋〉の壁に松ぼっくりを飾る予定である。
　赤色の紙袋には、オタカルの手作りの巻布(スカーフ)が入っていた。巻布(スカーフ)の端には、小さな文字が刺繍されていた。《愛の巻布(スカーフ)》と。

112

　同時刻のアロイス橋。

　雪の中、ペトルが手回し自動演奏器(オルガン)を弾いている。ペトルの前には、七人の観光客らしき人々が集まっていた。盛り上がっているようだ。

　オタカルがペトルに近づいてきた。ペトルはオタカルに気づき、目交(ウイシク)ぜした。オタカルはしばらく彼の美しい演奏を聴いていた。

　一曲を演奏し終えると、観客たちは老いた手回し自動演奏器(オルガン)弾きに温かい拍手をおくった。そのあと、石畳に置かれた古びた紳士帽子(シルクハット)のなかに、たくさんの小銭をいれて去っていった。

「こんにちは、ペトルさん」

「こんにちは、オタカル。今日も創作活動かな？」

「そうだよ、美味しいものを食べた後にね」

「お前の想像は尽きることがないな」
「つねに無限定な想像を意識するように努めてるんだ。僕はずっと理想に向けて、何かを作っていきたいんだ」
「うむ、最高の生き方だ。最高完全者の世界化した観念である理想の展開と関係連結することは、人間の本性的活動だ。その活動は最も人間らしい幸福をもたらしてくれる」
「……その台詞、誰かに似てるよ」
「それは、ヴラチスラフのことかな？」
「えっ!?　今なんて言ったの!?」
　ペトルはオタカルに目交ぜした。

　ペトルの前で、四人の男女が立ち止まった。彼はその観客たちに自慢の手回し自動演奏器(オルガン)を弾いた。

113

我が永遠の友、オタカルよ。

気にすることはない、それはささいなことだ。

世の中には重要なものがたくさんある。

世界の無数の神秘が、お前を待っている。

理想を追え、一心に……

114

　翌日の夕方。アロイス橋。
　雪は降り止んでいる。エリシュカとオタカルの今日の人形劇が終演した。
　二人は荷物をまとめると、いつものようにエステル川と空を眺めた。エリシュカの首には、オタカルの作った巻布(スカーフ)が巻かれていた。〈愛の巻布(スカーフ)〉が優しくなびいている。
「ねえ、エリシュカ。何を考えてるの？」
「大したことじゃないわ。ただの再確認よ。私は一生、創作を続けていくんだな、と思っただけ」
「エリシュカだったら続けていくよ、きっと」
「ありがとう、オタカル」
「僕も作り続けるよ。そしていつか創作家として、エリシュカをこえてやるんだ」
「よく言うわ。あなたには才能がある。あなたはすでに私をこえてるわよ」
　エリシュカは、オタカルに微笑んだ。

「それと、いつかエリシュカの年齢もこえてやるんだ」
「年齢も？」
「そう、いつか僕が年上になる」
「それは無理ね」
「どんなときも限定してはいけないんだ。無限定を心に刻むんだ。そうすれば、いつか必ず夢は現実になるんだ」
「それは、あなただけの世界で学んだことかしら？」
　オタカルは頷く。
「そうね。あなたの言うとおりね。この世界を自由に生きましょう！　想像の翼を広げて、大空を飛びましょう！」
「うん！　想像には無限の力があることを僕は信じてる」
「夢想のままに」

115

この世界は一つの物語。

されど、無数の物語で紡がれた一つの物語。

倉石 清志（Seiji Kuraishi）
1975年 福岡県生まれ
長崎純心大学大学院博士後期課程修了。博士（学術・文学）
専攻は哲学、文学
〔著書〕『創られざる善 創作に関する書簡集』、『隠者の小道』、
『永劫選択』、『最も近き希望』、『陽だまり 他一篇』、
『尊敬についての随想』、『多くの一人』（監修）

夢 想

2019年11月11日　第一刷 発行
著　者　　倉石 清志
発行者　　森谷 朋未
発行所　　Opus Majus
印　刷　　中央精版印刷株式会社

本書の無断複写は著作権法上での例外を除き禁じられています。
購入者以外の第三者による本書のいかなる電子複製も一切認められておりません。
©Seiji Kuraishi 2019 Printed in Japan
ISBN 978-4-905520-16-0 C0293 ¥1600E
落丁・乱丁はお取替えします。